COLLECTION FOLIO

Martin Winckler

Petit éloge des séries télé

Gallimard

Martin Winckler, de son vrai nom Marc Zaffran, est né en 1955 à Alger. Après son adolescence à Pithiviers (Loiret) et un séjour d'une année à Bloomington (Minnesota), il fait des études de médecine à Tours entre 1973 et 1982. Écrivain depuis l'enfance, il commence à publier des textes de fiction dans les revues *Prescrire* et *Nouvelles Nouvelles* au milieu des années 1980. Son premier roman, *La Vacation*, paraît chez P.O.L en 1989. Entre *La Maladie de Sachs* (P.O.L, 1998 ; adapté au cinéma en 1999 par Michel Deville) et *Le Chœur des femmes* (P.O.L, 2009), il a publié une quarantaine d'ouvrages : romans, anthologies, contes, essais consacrés au soin et aux arts populaires. Entre 2001 et 2003, il est le premier écrivain français à prépublier en feuilleton interactif, sur le site de P.O.L, deux grands livres autobiographiques : *Légendes* et *Plumes d'Ange*. En 2002 et 2003, sur France Inter, il écrit et lit chaque matin *Odyssée*, une chronique scientifique décalée qui marque durablement la mémoire des auditeurs. En 2009, après avoir reçu une bourse de chercheur invité au CREUM (Centre de recherches en éthique de l'université de Montréal), il émigre au Québec et s'installe à Montréal avec sa famille.

Martin Winckler anime régulièrement deux sites web très fréquentés par les internautes : *Chevalier des tou-*

ches (http ://wincklersblog.blogspot.com/), un blog pour écrivants ; et *Winckler's Webzine* (http ://www.martinwinckler.com), consacré d'une part à l'information sur la contraception et à la critique du système de santé, et d'autre part, dans le cadre d'une analyse critique de deux médias — radio et télévision —, aux séries télévisées, témoins stimulants de l'état du monde. Sur ce dernier sujet, Martin Winckler est l'auteur des *Miroirs de la vie. — Histoire des séries américaines* (Le Passage), et de *L'Esprit du shaman — Dr House, l'éthique et le récit* (à paraître chez Boréal).

Découvrez, lisez ou relisez les livres de Martin Winckler :

LÉGENDES (Folio n° 3950)

LA MALADIE DE SACHS (Folio n° 4233)

PLUMES D'ANGE (Folio n° 4271)

LES TROIS MÉDECINS (Folio n° 4438)

LE CHŒUR DES FEMMES (Folio n° 5198)

AVERTISSEMENT

Les séries sont désignées par leur titre original, sauf quand le titre français est d'utilisation courante ou ancienne. Quand c'est nécessaire à la compréhension du propos, j'indique entre parenthèses le titre français, la chaîne américaine de création, l'année de diffusion du premier épisode et, le cas échéant, du dernier. Si la série est toujours à l'antenne au moment où j'écris, l'année de début est suivie par « EP » (« en production »). Quand je cite un épisode particulier, je précise son titre original et, entre parenthèses, la saison et l'ordre de diffusion.

À René Balcer et Maurice Frydland,
deux grands « storytellers ».

PRÉAMBULE

J'ai grandi dans les années soixante, en lisant des romans d'aventures, des romans policiers et de la science-fiction, des bandes dessinées. J'allais voir des films au cinéma, sur la place, à deux cents mètres de la maison, et je regardais avec fascination *Belphégor, Les Cinq Dernières Minutes, Rocambole, Les Habits noirs, Destination Danger, Le Prisonnier, Chapeau melon et bottes de cuir, Au nom de la loi, Agents très spéciaux, Les Mystères de l'Ouest* et *Mission : Impossible.*

Adulte, j'ai pu relire régulièrement livres et BD, et parfois revoir les films qui m'avaient accompagné dans l'enfance. Pour revoir les séries, il m'a fallu attendre les années quatre-vingt, l'apparition du magnétoscope et la création de chaînes privées.

En revoyant *Mission : Impossible, Le Prisonnier* et *Chapeau melon...*, j'ai compris pourquoi ces fictions m'avaient fasciné. Elles n'étaient pas seulement bien racontées (c'est-à-dire bien écrites et filmées) mais aussi audacieuses — par leur construction, l'attention qu'elles exigeaient du public, la complicité qu'elles savaient établir et l'impertinence ou l'acidité dont elles faisaient preuve — je pense au badinage sexuel d'Emma Peel et John Steed dans *Chapeau melon...* ; à la révolte métaphysique du Numéro 6 face au lavage de cerveau idéologique dans *Le Prisonnier* ; à l'imagerie gay subliminale des *Mystères de l'Ouest* ; aux échos de la guerre froide et de la contestation des sixties dans *Agents très spéciaux* ; aux machinations diaboliques de *Mission : Impossible* ; à la description de la noirceur de l'humanité, de ses dilemmes ou de ses avancées morales dans *La Quatrième Dimension* et *Star Trek*.

De même que le jazz et la science-fiction, c'est aux États-Unis que les séries naquirent et c'est là qu'elles se sont épanouies. C'est pourquoi ce livre s'intéressera surtout aux productions américaines qui ont à ce jour connu trois âges d'or. Le premier fut celui des pionniers. Jusqu'au début des années soixante, les fictions furent souvent écrites par des scénaristes new-yorkais qui compensaient les contraintes (le direct, le noir et blanc) et la jeunesse du médium en faisant appel au patrimoine dramatique et aux comédiens de théâtre. Entre 1955 et 1980, les studios hollywoodiens prirent le relais et, grâce aux technologies d'enregistrement et de diffusion différée, imposèrent le savoir-faire et les conditions de travail du cinéma.

Le deuxième âge d'or débuta, comme l'explique le critique et historien Robert J. Thompson dans son *Television's Second Golden Age* (1997), avec *Hill Street Blues* (*Capitaine Furillo,* NBC, 1981-1987). Invités à créer une nouvelle série policière, deux jeunes scénaristes nommés Steven Bochco et Michael Kozoll décident de bouleverser les habitudes des chaînes et des spectateurs. Leur série se situe dans un commissariat miteux d'une métropole de la côte Est ; elle a une dizaine de personnages réguliers ; les épisodes racontent plusieurs histoires, à suivre pour certaines. Politisés, imprégnés de littérature classique et de culture populaire, les scénaristes s'inspirent de la réalité, font de la critique sociale et truffent leurs dialogues d'allusions à toutes les formes d'expression artistiques. Après *Hill Street Blues,* les séries feront appel à la mémoire du public, elles s'interrogeront sur le sens de la communauté, de la famille, de la religion, de la justice dans une société complexe et n'hésiteront pas à jouer avec le temps, avec les nerfs et les sentiments.

Au début des années quatre-vingt-dix, les *networks* (grands réseaux nationaux) ABC, CBS, NBC, FOX, WB et UPN (ces deux derniers fusionneront en 2006 pour former The CW) dominent l'audiovisuel américain. En 1990, la chaîne câblée payante HBO, après avoir diffusé des films puis en avoir produit pour son propre usage, se met à commander des séries originales. Elle commence par des sitcoms. *Dream On !* (1990-1996) est l'une des premières et des meilleures. Produite par le cinéaste John Landis, elle conte les aventures érotico-comiques de Martin Tupper, un éditeur new-yorkais qui, fraîchement divorcé, se remet à draguer. Tupper a passé son enfance devant la télévision. Chaque fois que quelque chose lui arrive, ses émotions s'expriment à l'écran par une scène d'un des nombreux films qu'il a vus. Effet comique garanti sur le spectateur. HBO récidive avec *The Larry Sanders Show* (1992-1998), satire des talk-shows du soir qui sont une institution de la télévision américaine. Cette comédie devient vite la comédie-phare de la chaîne. Bientôt, HBO acquiert une reconnaissance critique importante, qui s'accentue encore lors de la diffusion d'*Oz* (1997-2003). Cette série carcérale est signée Tom Fontana, auteur de théâtre couvert de récompenses après avoir écrit et dirigé *Homicide : Life on the Street* (NBC, 1993-2000). Située entièrement dans le quartier ouvert « expérimental » d'une prison de haute sécurité, *Oz* est une véritable tragédie grecque, souvent éprouvante, mais extraordinairement écrite et interprétée. Elle rencontre elle aussi un succès critique important. Le succès public, lui, vient avec *The Sopranos* (HBO, 1999-2007) qui fera bientôt figure d'icône culturelle et fait entrer HBO au palmarès des Emmy Awards, les oscars de la télévision. Désormais, le câble fait directement concurrence aux *networks* pour leurs programmes les plus regardés. L'avènement du DVD, qui diminue l'intérêt du public pour la diffusion de films, renforce la commande de fictions originales audacieuses et de qualité. Au cours de la première décennie du XXIe siècle, plusieurs autres chaînes câblées se mettent, elles aussi, à en diffuser, et le niveau de qualité des séries de *network* augmente en conséquence.

C'est le troisième âge d'or de la télévision américaine, et il a toujours cours.

Pourquoi les séries télé ?

En français, comme en anglais, le mot « série » est polysémique et contextuel. Pour le dictionnaire informatisé de la langue française (TLFi) du CNRS, le mot « série », lorsqu'il est utilisé dans le domaine des arts, désigne un « ensemble composé d'œuvres qui possèdent entre elles une unité et forment un tout cohérent ». Par extension au domaine audiovisuel, c'est une « suite de feuilletons, de films, d'émissions liés par une unité de genre, de forme, de sujet ou de personnages ».

Chaque série forme donc un tout, mais un tout un peu particulier selon le moment où on l'envisage — *work in progress* tant qu'elle est à l'antenne, œuvre achevée (ou non) lorsque la production s'arrête. Qu'on regarde les épisodes en première diffusion semaine après semaine ou plus tard en DVD, voir une série toujours en production, c'est être constamment dans l'attente de l'épisode, puis de la saison (année de production) à venir. Quand on la regarde une fois terminée (qu'elle ait une fin ou non...), c'est plutôt le sentiment inverse qui l'emporte : on sait qu'elle va finir, et combien d'épisodes il reste, alors on la fait durer le plus longtemps possible.

Aujourd'hui, en France, on admet que les séries télévisées constituent un genre à part entière. Elles ne sont plus seulement « cultes » ou destinées à un public exclusivement populaire. Les intellectuels, l'université, les critiques de cinéma s'y intéressent et s'extasient. On rédige à leur sujet des mémoires de maîtrise et, un jour prochain, des thèses. On publie déjà beaucoup de livres.

Pour les auteurs les plus sérieux, il ne fait aucun doute aujourd'hui que les meilleures séries sont des témoins stimulants de l'état du monde.

Au cours des vingt années écoulées, les séries judiciaires *Law & Order (New York District), Ally McBeal, The Practice* et, plus récemment, *The Good Wife,* ont abordé toutes les questions soulevées aux États-Unis par l'application de la justice, la croissance technologique incontrôlée, les droits du citoyen et les conséquences politiques et sociales d'une guerre menée à des milliers de kilomètres — en Afghanistan ou en Irak.

Urgences et *Dr House,* soulignent sans relâche les dilemmes éthiques et les conflits de pouvoirs suscités par les progrès de la technologie du soin, la surenchère biomédicale, les inégalités d'accès et le rôle des structures et professionnels de santé.

Oz, The Sopranos et *The Wire,* chroniques de la crise politique et morale de la société américaine, posent des questions sans complaisance sur la nature du crime et des châtiments dans une société complexe et polymorphe.

Quant à des œuvres encore inédites ou connues depuis peu en France tels *Homeland, Men of a Certain Age* ou *Justified,* elles montrent que le rapatriement au pays d'un soldat qui est peut-être un traître, les interrogations de trois quinquagénaires à la croisée des chemins et la confrontation d'un policier avec son milieu d'origine sont la source d'histoires passionnantes.

Écrites, tournées et diffusées en léger différé avec leur époque, les bonnes séries télévisées portent un regard incisif sur la société. Le genre mérite donc non seulement l'attention, mais aussi le respect. En Amérique, il les a depuis longtemps gagnés. En France, il n'est pas interdit de lui donner un petit coup de pouce — c'est l'objet de ce livre.

AUTOPORTRAIT EN SÉRIEPHILE

Depuis cinquante ans — j'ai commencé à l'automne 1962 — je regarde et apprécie des séries de toutes sortes. J'ai mes préférences du moment, mes amours de toujours, mes enthousiasmes de jadis révisés ou renouvelés. Et quand on me demande : « Quelle est la meilleure série de tous les temps ? », je refuse de répondre : la question n'a pas plus de sens que pour les films, les romans ou les chansons. Car il en va des séries comme de toutes les autres œuvres de création : toute hiérarchie est élitiste. Les palmarès ont l'intérêt d'attirer l'attention sur des œuvres inconnues du grand public ou négligées par la critique ; pour autant, ils ne disqualifient en rien ceux et celles qui n'adhèrent pas à leurs choix. Chacun doit pouvoir dire que telle ou telle série dramatique, comique ou animée, réaliste, de western ou de SF lui plaît, même si d'autres la trouvent sans intérêt ou ignorent son existence. Ce n'est pas le jugement qui fait la qualité d'une œuvre, c'est le plaisir qu'elle apporte.

Par ailleurs, la culture artistique d'un individu est multiple et changeante. Elle ne se cantonne à aucune forme d'expression et n'est, par-dessus tout, réductible à aucune hiérarchie de valeurs. Par conséquent, il n'est pas moins respectable de regarder et d'apprécier une série que de regarder un film ou de lire un roman. Point final.

Les séries que je vais mentionner ici sont celles que je connais le mieux ; elles me permettent d'illustrer mon propos, mais cela ne signifie nullement qu'elles seules sont dignes d'intérêt. Par manque de temps ou par choix délibéré, il est des séries que je n'ai jamais vues, ou que je ne regarde pas, je n'en parlerai donc pas ; il y en a un petit nombre que je trouve abjectes, mais loin de moi l'idée de juger leurs spectateurs, je ne les citerai pas non plus. Il y a aussi des séries que j'ai vues il y a trop longtemps pour en dire quelque chose d'intéressant. Tout ce qui suit n'est qu'une fraction des œuvres existantes.

Une bonne histoire est une bonne histoire, mais les conditions de réception ont leur importance. J'ai mes préférences : un écran 16/9, un canapé, une tasse de café, un entourage qui aime regarder cette série-là, un DVD, la VO sous-titrée. Mais on peut apprécier des séries sur un écran d'iPod, d'iPad ou d'ordinateur, avec pop-corn et boissons gazeuses, en téléchargement et en VF. En ce qui concerne cette dernière, j'ai de furieuses réserves (je les exprime plus loin) mais, encore une fois, je respecte le droit d'apprécier une série dans sa version doublée. Je préciserai toutefois ce que le spectateur y perd.

Pendant mon enfance et mon adolescence, j'ai regardé les séries « en direct » car je n'avais pas le choix. À l'âge adulte, dès que cela m'a été possible, j'ai enregistré et regardé à mon heure les séries de mon choix. Aujourd'hui, je vis au Canada, et je regarde exclusivement des séries enregistrées quelques jours après diffusion, ou en DVD.

Chaque automne, je « goûte » un certain nombre de nouvelles séries après en avoir lu la présentation dans l'une ou l'autre des revues en ligne que je lis le plus : *TV Guide Magazine, TV Line, The Futon Critic.* Le premier épisode m'accroche ou non. Si je ne suis pas convaincu, il me suffit de deux ou trois épisodes supplémentaires pour être fixé. Il m'arrive de lâcher des séries en route, d'en prendre d'autres en marche en rattrapant mon retard. Il m'arrive d'en abandonner certaines parce qu'elles m'ennuient après m'avoir intrigué, ou parce que je sens qu'elles ne vont pas durer — le jeu n'en vaut pas la chandelle : regarder des séries, ça prend du temps.

Il m'arrive également de rester fidèle à une série qui ne m'intéresse plus beaucoup, par loyauté envers les plaisirs qu'elle m'a procurés autrefois. Il m'arrive aussi de regarder un épisode isolé d'une série que je ne regarde pas (ou plus) parce que le thème, le traitement ou les comédiens invités ont attiré mon attention. Il m'arrive, enfin, de chercher à découvrir une œuvre depuis longtemps terminée ou à revoir une série très ancienne. Pour rafraîchir la mémoire télévisuelle, YouTube est une bénédiction ; je ne me prive pas d'aller piocher dans cette mer d'images.

J'aime qu'on me raconte de bonnes histoires. J'aime rire, pleurer, être intrigué, apprendre, trembler (mais pas être horrifié…) et être surpris. Quand on a lu beaucoup de livres, vu beaucoup de films et de séries, les exigences sont grandes. Aujourd'hui encore, je reste étonné par la variété des histoires qu'inventent les scénaristes, par la diversité et l'originalité du traitement auxquels ils soumettent des événements réels. Ainsi, à l'automne 2011, l'affaire DSK a été évoquée, en l'espace de quelques semaines, par trois séries installées (*New York Unité spéciale, Les Experts, The Good Wife*) et une nouvelle venue, *Unforgettable.* Chaque fois de manière très personnelle.

Ce phénomène n'est pas nouveau : tous les ans, aux États-Unis, des faits de société marquants se retrouvent transposés dans les fictions télévisées. Chacune de ces lectures apporte un éclairage distinct, et contribue à enrichir la perception du public. Les séries n'hésitent pas non plus à évoquer, parfois de manière ludique et fugace, des événements, des faits ou des personnes dont le commun des mortels ignore l'existence. L'autre jour, dans un épisode de *Justified*, j'entendais deux *US marshals* (policiers fédéraux) évoquer leurs prédécesseurs mythiques — et néanmoins historiques. D'abord Wyatt Earp et Bat Masterson, héroïsés par la littérature et le cinéma, puis Bass Reeves, dont le nom ne me dit rien. L'un d'eux commente négligemment : « Lui, il n'a pas eu droit à son film. » L'autre répond en souriant : « Oui, faudrait le suggérer à Denzel [Washington]. » L'allusion me met la puce à l'oreille ; je mets l'épisode en pause. Grâce à Wikipédia, j'apprends que, né en esclavage en 1838, Bass Reeves devint en 1875 l'un des tout premiers *deputy US marshals* afro-américains et qu'il le resta jusqu'à l'âge de soixante-dix ans passés. Ce genre d'allusion est d'autant plus délectable qu'autrefois elle serait passée inaperçue. Aujourd'hui, le spectateur curieux peut s'y arrêter, et quelque chose me dit que c'était précisément l'intention du scénariste.

Quand j'avais douze ou treize ans, mes séries préférées avaient la forme d'anthologies de nouvelles ; certaines faisaient appel chaque semaine à des personnages différents (*La Quatrième Dimension, Alfred Hitchcock présente*) ; d'autres lançaient des personnages familiers dans des aventures ou des enquêtes nouvelles (*Mission : Impossible, Les Mystères de l'Ouest, Les Cinq Dernières Minutes*). Les séries à suivre (*Zorro, Rocambole*) étaient moins fréquentes. Depuis, j'y reviendrai, toutes les séries se sont « feuilletonnisées » et aujourd'hui toutes ou presque ont des fils d'Ariane : les relations d'un couple, les dilemmes familiaux ou professionnels d'un personnage, l'ascension, l'apogée, la chute et / ou la rédemption d'un autre s'étendent parfois sur plusieurs saisons. Ainsi, l'un des plaisirs que procure *Frasier,* une sitcom dont je reparlerai, réside dans le chassé-croisé amoureux très long (il s'étend sur sept saisons !) entre Niles Crane, psychiatre maniéré et snob, et Daphne Moon, physiothérapeute britannique dotée d'un solide bon sens.

Les séries d'aujourd'hui ayant de la mémoire, il leur arrive souvent de revenir sur des événements passés. En avril 2012, un épisode de *New York, Unité spéciale* (« Justice Denied », saison 13, épisode 17) reprenait une enquête menée par la *detective* Olivia Benson en 2004. Pour la situer, l'épisode reprend une courte conversation entre Benson (Mariska Hargitay) et son chef Cragen (Dann Florek), manifestement extraite d'un épisode des premières saisons de la série. Le spectacle des deux personnages avec dix ans de moins dans le décor de l'ancien *precinct* (commissariat de police) apportait à l'histoire une touche très particulière. Ce type d'appel à la mémoire, fréquent à la télévision, renforce le plaisir de connaître l'œuvre dans son ensemble.

La continuité feuilletonnante a une autre vertu, très importante quand on veut comprendre l'intérêt du public pour les séries. Pour retenir l'attention d'un spectateur, tout scénario doit traiter d'un conflit opposant une personne à une autre, à une institution, à un phénomène naturel ou encore montrer cette personne poursuivie par la malchance. Mais les conflits les plus intéressants sont les dilemmes personnels. Décrits à petites touches sur plusieurs épisodes, les déchirements moraux de personnages familiers acquièrent une épaisseur et une subtilité inégalables par toute autre forme de narration, à l'exception peut-être du roman. Mais je ne connais pas de roman qui m'ait, pendant dix ans, raconté la lente rédemption d'un homme brisé comme le fit *NYPD Blue* ou, comme *Urgences* et *Scrubs*, la transformation d'un jeune interne inexpérimenté en médecin chevronné.

Cette capacité à capter la complexité du monde et à en rendre compte au moyen de narrations de longue durée est ce qui me fascine et me ravit le plus. J'aime *Justified* non seulement parce que c'est un western contemporain, mais parce que c'est une étude de mœurs dans un milieu qui m'était jusqu'alors inconnu (un comté pauvre du Kentucky). J'aime *Dr House* non seulement parce que c'est une série médicale, mais parce qu'elle soulève en permanence des questions que je me pose depuis longtemps : qu'est-ce que soigner ? Qu'est-ce et qui est-ce qu'on soigne ? Un soignant a-t-il tous les droits ?

Et si j'aime *New York District, Cold Case* et *Everybody Loves Raymond*... Mais j'y reviendrai plus loin.

Tout cela pour dire qu'à mes yeux les séries ont la même importance et la même qualité que les romans, les ouvrages de sciences humaines, le cinéma, le théâtre, les expositions et les conférences. Regarder une série n'est pas une activité exclusivement récréative, c'est une manière d'appréhender le monde.

Cela dit, je pense qu'on peut regarder des séries sans aucune analyse, et sans autre objectif que le plaisir de regarder. Ce plaisir n'est pas fortuit, il a des caractéristiques inhérentes à la nature du genre et à la manière de le déguster.

À l'heure où j'écris ceci, début 2012, je regarde assidûment, depuis leurs débuts, deux séries qui me tiennent particulièrement à cœur mais dont je ne reparlerai pas dans ce livre.

La première est *Dr House* (*House, M.D.*, FOX, 2004-2012) ; elle est sur le point de se terminer ; cette fin ayant été annoncée il y a quelques semaines par la chaîne, je déguste la dernière saison à petites gorgées. Après cela, ce sera : « Au revoir, *Dr House* » — littéralement : je ne pourrai plus que la *revoir*. C'est une série importante à mes yeux, pour des raisons évidentes (le personnage principal est un médecin interniste, qui résout des cas difficiles comme Sherlock Holmes — dont il est la réincarnation avouée) et d'autres qui le sont moins (le thème central de la série est l'éthique du soin). Elle sera le sujet de mon prochain livre.

La seconde série s'intitule *Justified* (FX, 2010-EP). C'est l'histoire d'un *US marshals* muté contre son gré dans le comté du Kentucky dont il est originaire. Là, il se retrouve obligé de faire la loi face à des truands qui sont essentiellement les membres de sa famille, les amis et les voisins avec qui il a grandi. C'est une sorte de western noir et grinçant, inspiré par l'œuvre de l'écrivain Elmore Leonard. Depuis l'an dernier, j'attends son retour avec impatience mais chaque saison, construite comme une histoire complète avec quelques digressions, ne compte que treize épisodes. Elle en est à sa troisième année de production. Je sais qu'elle va revenir l'an prochain : FX, la chaîne du câble qui la diffuse, vient de commander une quatrième fournée ; mais il faudra attendre neuf mois pour voir la suivante. Alors, je l'enregistre et je la garde pour plus tard. C'est une excellente série, et il y aurait beaucoup à en dire, mais je la regarde exclusivement par plaisir.

Mon sentiment face à ces deux séries n'est pas du tout le même. *Justified* me promet des plaisirs prolongés (au moins jusqu'à l'été 2013, et probablement au-delà). En revanche, je suis déjà en deuil de *Dr House* et je sens monter en moi, en guise de consolation, l'impatience de tout regarder une nouvelle fois avant de lui consacrer un livre. C'est là l'une des grandes spécificités du genre et des expériences qu'il procure. On peut, théoriquement, revoir une série comme on revoit un film ou comme on relit un livre, mais on le fait rarement, pour deux raisons : d'une part, tout revoir est parfois très long ; d'autre part, il y a entre les deux visions la même différence qu'entre un voyage et les photos qu'on en rapporte. Elles réactivent émotions et souvenirs, mais en aucun cas elles ne le font revivre.

De tout ce qui précède, il découle à mon sens un certain nombre de droits du sériephile que j'énoncerai ici en hommage à Daniel Pennac et son *Comme un roman*.

1er : Le droit de regarder des séries de toutes natures (et pas seulement celles que « les intellectuels » ou « les spécialistes » trouvent réussies).

2e : Le droit de regarder une série quand on veut, comme on veut, où l'on veut et à l'abri de toute censure.

3e : Le droit de regarder sans être jugé ou méprisé.

4e : Le droit de démarrer une série au quart de tour et puis de décrocher ; le droit de prendre une série en route après avoir longtemps reculé ou hésité.

5e : Le droit d'aimer (ou de détester) sans devoir se justifier.

6e : Le droit d'échantillonner certaines séries et d'être compulsif pour d'autres.

7e : Le droit de revoir indéfiniment ses épisodes préférés.

8e : Le droit de considérer certains personnages comme des amis intimes.

9e : Le droit, en regardant une série, de rire et de pleurer, de se sentir compris et valorisé, éclairé et informé.

10e : Le droit de parler ou d'écrire pour exprimer ses goûts.

Le vif du sujet

En 1963, en France, je commence à regarder la télévision sur une seule chaîne, puis deux. Entre onze et seize ans, je passe un mois par an en Angleterre. J'y découvre la télévision commerciale et j'y aperçois *Star Trek* avec fascination, sans bien comprendre de quoi il s'agit. Juste avant mes dix-huit ans, je passe une année aux États-Unis. Brusquement, je découvre une dizaine de chaînes, les productions du jour et les rediffusions de films et séries anciennes, parfois très tard le soir. *Star Trek* et *Les Mystères de l'Ouest* sont rediffusés en boucle et en couleur et me confortent dans une idée qui m'était déjà venue, quelques années avant, en regardant *Zorro* ou *Le Prisonnier* : les séries ne sont pas *seulement* des histoires.

On dit que l'enfance est innocente, mais ce n'est pas vrai. Quand, à dix ans, je regarde *Zorro,* la série de Walt Disney, je connais depuis longtemps la différence entre le bien et le mal. Maltraiter les faibles et les voler, c'est mal. Prendre leur défense contre ceux qui les oppriment, c'est bien. Je n'ai pas besoin qu'on me l'explique. Je le sais. Je ne l'ai peut-être pas toujours su, mais à huit ans, c'est bon, pas besoin de me faire un dessin. Je ne sais pas encore que c'est plus compliqué que ça (on trouve toujours plus faible que le faible, plus fort que le fort, et en faisant du bien on peut faire du mal — même si l'inverse est peu probable), mais chaque chose en son temps : je suis en train de me construire et pour me construire j'ai besoin de repères solides. Zorro / Don Diego, son compagnon Bernardo et son père Don Alejandro le sont. James West et Artemus Gordon (*Les Mystères de l'Ouest*), le mystérieux Numéro 6 (*Le Prisonnier*) et les cinq membres de l'*Impossible Missions Force* le sont aussi. Ils connaissent le bien et le mal et sont des modèles de courage, de patience, d'intelligence, de solidarité, d'amitié, d'esprit d'équipe, d'humour. Leurs histoires sont toujours surprenantes et passionnantes. Ils satisfont ma soif de passages secrets, de gadgets, de suspense, de surprise. Ils me ravissent. Bref, ils m'aident à faire cohabiter plaisir et morale. Trente ans plus tard, je reverrai leurs aventures en y lisant autre chose : la dualité de Zorro annonce l'ambivalence de Batman, son sombre héritier ; les corps à corps de James West et les travestissements d'Artemus Gordon doivent beaucoup à la personnalité, à l'engagement et à l'humour de leur créateur, Michael Garrison, producteur-scénariste affichant courageusement son homosexualité ; le Numéro 6 ne tente pas seulement d'échapper à ses geôliers, mais aussi et surtout à la prison qu'il a dans la tête ; l'équipe de *Mission : Impossible* utilise les méthodes de manipulation des escrocs les plus retors et des services secrets les plus impitoyables.

Bref, quand elles sont de grande qualité, il y a plusieurs manières de lire les séries. Et on peut les revoir longtemps après avec un plaisir redoublé.

Avant de poursuivre, je voudrais préciser que je ne suis pas un absolutiste de la télévision anglo-saxonne. Pendant les années soixante et soixante-dix, j'ai regardé et aimé beaucoup de téléfictions françaises. La production était riche. Beaucoup tiennent encore très bien le coup aujourd'hui. Il suffit, pour en juger, d'aller les louer sur le site de l'INA ou de voir celles qu'ont reprises certains éditeurs vidéo, comme Koba Films dans sa collection « Mémoire de la télévision ». Qu'il s'agisse de téléfilms (*La Mégère apprivoisée, Les Indes noires, L'Invention de Morel*), de feuilletons (*Belphégor, Les Habits noirs, Rocambole*) ou de séries (*Les Cinq Dernières Minutes*), on peut constater que la qualité repose toujours sur une écriture et des interprètes solides.

Si, depuis la fin des années quatre-vingt-dix, il m'est souvent arrivé de trouver la plupart des séries françaises indigentes et sans intérêt, ce n'est pas en les comparant aux fictions étrangères, mais aux œuvres françaises du passé. Dans plusieurs livres, malheureusement introuvables aujourd'hui, Jacques Baudou et Jean-Jacques Schleret ont montré que la télévision hexagonale a su jadis produire des séries et feuilletons historiques, policiers, d'aventures et fantastiques excellents. Tant qu'il a été un monopole d'État, le médium était plein d'imagination. Comme me le confiait Maurice Frydland, vétéran de la télévision et réalisateur de talent, les auteurs des années soixante et soixante-dix composaient une télévision tournée vers le grand public, non pour lui vendre quelque chose (il n'y avait pas de publicité) ni pour l'endoctriner — ce rôle était réservé aux journaux d'information — mais pour l'éclairer sur le monde. Quand on adaptait les classiques, c'était pour parler du contemporain. *La Vérité sur l'affaire du courrier de Lyon* (Stellio Lorenzi, 1963) est un plaidoyer farouche contre la peine de mort et les erreurs judiciaires. *La Mégère apprivoisée* (Pierre Badel, 1964) donne à la pièce de Shakespeare des accents ouvertement féministes. Quant aux complots, intrigues et jeux de pouvoirs des *Rois maudits* (Claude Barma, 1972), ils ont la noirceur de *Dallas* avec quinze ans d'avance.

Lorsque TF1 est privatisée, en 1986, les fictions cessent d'être audacieuses. Après la défaite de la gauche, alors que la tutelle gouvernementale des années soixante suscitait des trésors d'invention pour soulever la chape de plomb, la télévision française privée et publique pose pour principe que le spectateur est stupide (d'ailleurs, il n'aime que les séries américaines) ; elle s'interdit de parler du monde en marche ; elle pratique l'autocensure et bride systématiquement les scénaristes. Alors qu'en 1967, dans *Les Aventures de Lagardère*, Jean-Pierre Decourt adaptait fidèlement l'œuvre de Paul Féval en conservant son esprit bondissant et chevaleresque, la version de 2003 (Canal +) est à la fois perverse (Gonzague devient un sadique qui viole la veuve de son cousin Nevers) et pudibonde : de crainte d'être soupçonnés de pédophilie (!), les scénaristes décident que Lagardère ne doit pas épouser Aurore, mais sa mère ! Ils n'avaient manifestement pas lu le roman — qui décrit l'amour des deux héros sans ambiguïté — ni su adopter la délicatesse de Philippe de Broca dans son *Bossu* (1997). Il leur aurait fallu, aussi, avoir du talent et du courage — et c'est ce qui manque à la plupart des fictions de la télévision française d'aujourd'hui. Depuis le début du XXIe siècle, lorsque des fictions courageuses sont produites, elles le sont presque en contrebande, parce que sous-financées et reléguées à des horaires de diffusion ineptes ; je pense en particulier à *Âge sensible* (France 2, 2002), épatante description de la vie étudiante, et à *Préjudices* (France 2, 2006-2007), chronique policière et judiciaire tournée avec des bouts de ficelle, mais extrêmement réussie (j'y reviendrai). Leurs auteurs compensent le manque de moyens par un travail d'écriture important et une ingéniosité rafraîchissante — comme le faisaient les producteurs des années soixante.

Car, tandis qu'aux États-Unis et en Angleterre une grande partie du budget de production est destinée à l'écriture, en France, quand il y a beaucoup d'argent, on s'offre des vedettes et de somptueux décors, mais on bride les scénaristes. Voilà pourquoi tant de fictions françaises sont creuses.

Avec le temps les choses changent peut-être. J'aurais aimé regarder *Un village français,* la série de France 3 consacrée à l'Occupation. Son producteur m'en avait parlé, je trouvais le projet passionnant, mais j'ai quitté la France avant qu'elle ne débute. Elle en est à sa quatrième saison. Je me demande ce que ça donne.

UN UNIVERS EN MOUVEMENT

Si chaque roman est une planète, chaque ensemble romanesque un système stellaire, alors les œuvres proches sont des constellations, des galaxies et le lecteur qui en a lu beaucoup peut, de leur agencement, de leurs positions respectives, déduire un réseau de relations et un ensemble de forces — tout comme les astrophysiciens ont fini, après s'être focalisés sur les astres et leurs mouvements, par déduire l'existence de la matière sombre qui les unit et les maintient en mouvement.

Il en va de même pour le cinéma, le théâtre, la bande dessinée… et les séries. Aucune production n'apparaît au hasard ; toutes s'inscrivent dans des mouvements de création difficiles à appréhender depuis la France, mais néanmoins identifiables.

Ainsi, l'amateur de séries débutant qui découvrirait l'intégrale (8 épisodes) de *Profit* pourrait, tant elle est soigneusement écrite et mise en scène, l'apprécier à la lueur de ses lectures ou expériences cinématographiques antérieures ; mais il lui manquerait beaucoup d'éléments de référence : Jim Profit, personnage central de cette série de 1996, s'inspire en partie du presque homonyme Mel Profitt, figure marquante de *Wiseguy* (*Un flic dans la mafia,* CBS, 1987-1990) ; les deux séries furent produites par le scénariste Stephen J. Cannell ; le rôle de Profitt dans *Wiseguy* fit découvrir à un grand public le comédien Kevin Spacey et fut déterminant pour la carrière cinématographique de celui-ci ; David Greenwalt, co-créateur de *Profit*, co-créa ou collabora par la suite à plusieurs séries fantastiques peuplées par des vampires, héritiers métaphoriques des deux figures antérieures...

Bien sûr, il n'est pas nécessaire de savoir tout ça pour apprécier *Profit.* Mais cet exemple permet de souligner que, tout comme au cinéma, chaque série télévisée s'inscrit dans un continuum de productions dont les scénaristes sont les fils conducteurs. Se pencher sur les auteurs permet de replacer les séries dans leur environnement culturel, historique et social, et d'apprécier le genre à sa juste valeur.

DES TROIS INGRÉDIENTS D'UNE BONNE SÉRIE

Deux artistes du XXe siècle, Jean Gabin et John Ford, disaient que pour faire un bon film il fallait trois choses : « 1 : une bonne histoire, 2 : une bonne histoire, et 3 : une bonne histoire. » Pour une bonne série, c'est pareil.

Qu'est-ce qu'une bonne histoire ? Une histoire intéressante, qui n'a pas encore été racontée. Ou qui n'a pas encore été racontée *comme ça*. Autrement dit : une bonne série est écrite par un bon raconteur d'histoires.

Un film dure rarement plus de trois heures ; une série, en revanche, se décline sur six à vingt-quatre épisodes par an, parfois pendant des années. Pour faire de bonnes séries il faut donc un *paquet* de bonnes histoires.

Tandis que le cinéma est celui des réalisateurs et le théâtre celui des acteurs, les fictions télévisées sont le royaume des scénaristes. Aux États-Unis, les vingt et quelques épisodes d'une série sont écrits par une équipe. Au générique de chaque série, on peut lire le nom de plusieurs *executive producers*, scénaristes pour la plupart. On voit l'un d'eux réapparaître quelques secondes plus tard sous les mots *written by*. Le dernier *executive producer* cité avant le scénariste de l'épisode est le *showrunner* — le Monsieur Loyal de ce cirque ambulant. Il est le rédacteur en chef qui supervise, coordonne et, au besoin, récrit les scripts tout au long de l'année — voire tout au long de la production. Il est, en quelque sorte, un Alexandre Dumas de la télévision.

Dans l'Hexagone, ces *showrunners* se nommaient autrefois Claude Santelli (*Le Théâtre de la jeunesse*), Claude Loursais (*Les Cinq Dernières Minutes*), Tito Topin (*Navarro*), Maurice Frydland (*Le Mystérieux Docteur Cornélius*). Il y en a sûrement d'autres aujourd'hui, mais je ne regarde plus les fictions françaises.

Outre-Manche, on peut citer Dennis Potter (*Du rouge à lèvres sur ton col, The Singing Detective*), David Wolstencroft (*MI-5*), Russell T. Davies (*Queer as folk, Bob & Rose, Doctor Who, Torchwood*), Steven Moffat (*Doctor Who, Jekyll, Sherlock*).

Outre-Atlantique, depuis cinquante ans, les scénaristes-producteurs de renom abondent. Parmi les plus marquants, citons Steven Bochco (*Hill Street Blues, La Loi de Los Angeles, New York Police Blues*), David E. Kelley (*Ally McBeal, Boston Justice*), David Chase (*The Sopranos*), Alan Ball (*Six Feet Under, True Blood*), René Balcer (*New York District, New York Section criminelle*), Aaron Sorkin (*Sports Night, À la Maison Blanche*), John Wells (*Urgences, À la Maison Blanche*), Graham Yost (*Boomtown, Justified*).

Ces femmes et ces hommes, qu'ont-ils de particulier ?

Ce sont des professionnels de la narration. Ils aspirent, avant tout, à raconter de bonnes histoires et non à « faire passer des messages » — ils savent très bien qu'une histoire est porteuse des idées de son auteur. Ils ont le respect du public. Ils sont curieux, chaleureux, souvent révoltés par les abus de pouvoir et l'injustice (il est notoire en Amérique que Hollywood vote massivement démocrate, soutient le mariage gay, est altermondialiste...). Ils ont un humour souvent grinçant, ils écrivent comme ils respirent, ils écrivent pour respirer dans un monde étouffant. Ils savent que rien n'est plus passionnant que la réalité et ils ne cessent de puiser dedans. Ils nous préparent à — et parfois nous réparent de — la vie par leurs fictions. Enfin, ils savent de quoi ils parlent : soit parce qu'ils ont exercé le métier qu'ils décrivent (David E. Kelley, scénariste de *La Loi de Los Angeles* et auteur d'*Ally McBeal,* ainsi que nombre de scénaristes de *New York District* étaient avocats ; plusieurs scénaristes d'*Urgences* étaient médecins), soit encore parce qu'ils travaillent de très près avec des professionnels et les écoutent soigneusement avant d'écrire leurs scénarios : Bill Clark, conseiller technique de David Milch pour *New York Police Blues*, était un authentique détective new-yorkais ; il devint scénariste puis *showrunner* de la série au cours de ses dernières saisons.

Enfin, ils ont l'esprit d'équipe.

En résumé, une bonne série, c'est 1 : une bonne histoire racontée de manière intéressante ; 2 : une bonne histoire écrite par des narrateurs de talent travaillant en équipe ; 3 : une bonne histoire ancrée dans la réalité et nourrie par des hommes et des femmes qui la connaissent.

DES CONTRAINTES D'ÉCRITURE

À la télévision américaine, tout est soigneusement minuté. Du moins sur les *networks* qui ménagent dans chaque heure de programmation des plages publicitaires vendues aux annonceurs. Toutes les émissions diffusées sont construites en tenant compte de ces coupures obligatoires et prévisibles. Pour les scénaristes, les interruptions publicitaires sont, ni plus ni moins, des contraintes d'écriture : ils rédigent chaque épisode en conséquence.

Juste avant d'être interrompus — parfois sans transition — par une jeune femme vantant un shampooing, une voiture ou une pizza fumante, les personnages de la série font une découverte, apprennent une nouvelle ou se retrouvent dans une situation difficile, ce qui incite les spectateurs à rester sur la même chaîne au lieu de zapper vers un autre programme. Pendant longtemps, toutes les séries ont été découpées selon le même format : *teaser* (séquence pré-générique) puis générique, suivi de quatre « actes » de dix minutes et d'une conclusion, alternant tous avec les pages de pub. Comme toutes les séries commençaient à la même heure, le spectateur pouvait, au moment du générique ou pendant la pause publicitaire suivante, décider de passer sur une autre chaîne. De tout temps, sous la pression des chaînes, les scénaristes ont joué avec ces contraintes et les ont modifiées — fût-ce en modifiant le générique.

Ainsi, à la fin des années cinquante, les séries du producteur Quinn Martin montraient d'emblée en médaillon les vedettes invitées pour attirer l'attention du public. Au cours des années soixante, chaque générique de *Mission : Impossible* s'ouvrait sur une bande-annonce de l'épisode à venir. Brad Bird s'en est souvenu en composant l'éblouissant générique de son *Mission : Impossible — Ghost Protocol* (2011), la meilleure transposition cinématographique de la série à ce jour.

Aujourd'hui, le *teaser* et chaque « acte » de la série militaro-criminelle *NCIS* (2003-EP) s'ouvrent et se referment sur un « instantané » noir et blanc accompagné par un son caractéristique, qui préviennent le spectateur de la fin de la séquence (et de la coupure pub) et du retour de la série comme autant de *teasers* : l'instantané montré en début d'acte annonce le tout dernier plan de ce même acte.

Quant à la comédie policière *Castle* (2009-EP), elle n'a pas de *teaser*, mais commence par une longue séquence pré-générique de près de huit minutes qui se termine par un carton portant le titre. Pour beaucoup de séries d'aujourd'hui, d'ailleurs, le générique se réduit à la brève apparition du titre ; les crédits sont superposés aux images des premières séquences, ce qui permet tout à la fois d'économiser de l'argent (un beau générique coûte cher), de donner plus de temps à la narration, et d'éviter que les spectateurs ne prétextent un générique ennuyeux ou déjà trop vu pour changer de chaîne.

Ces jeux de cache-cache ne sont évidemment pas anodins : ils entrent en compte dans l'écriture de chaque épisode.

DU RYTHME

Le format influe sur la forme, la forme sur le rythme de la narration. On peut en mesurer l'importance en comparant aux productions des *networks* les séries produites pour le câble : les coupures publicitaires (lorsqu'il y en a) surviennent seulement avant et après la diffusion de l'épisode, et leur minutage est différent. En 2012, sur un *network*, un épisode de série dramatique dure entre 39 et 42 minutes ; un épisode de sitcom entre 20 et 22. Sur le câble, les épisodes de *Mad Men* (comme ceux de *Six Feet Under, Oz, The Sopranos* et *The Wire*) durent couramment entre 50 et 65 minutes.

Ce n'est pas la seule différence. Sur un *network*, à moins de faire partie des dix émissions les plus regardées de la chaîne, toute série est susceptible de disparaître du jour au lendemain. Surtout pendant sa première saison de production : faute d'une audience suffisante, la diffusion peut être annulée. Chaque année, entre septembre et novembre, des séries nouvelles disparaissent des écrans au bout de quelques épisodes. Si la série se maintient à l'antenne, au printemps suivant, à l'issue de la première saison, la commande peut ne pas être renouvelée. La diffusion s'étalant sur huit mois (d'octobre à mai), les scénarios sont le plus souvent écrits au fur et à mesure. Scénaristes, réalisateurs, comédiens et équipes travaillent d'arrache-pied six jours par semaine, souvent sans savoir si l'épisode en cours de production ne sera pas le dernier.

Sur le câble, chaque saison compte en général treize épisodes. Pour des raisons économiques, la saison est produite en continuité. Et tout le monde travaille dans l'assurance que les treize épisodes commandés seront tournés. La programmation des séries se fait hors des contraintes de compétition des *networks* : les épisodes sont multi-diffusés ; beaucoup de séries sont programmées pendant l'été, et la diffusion se déroule en continu, treize semaines de suite, sans être interrompue par un jour férié, une soirée spéciale, une compétition sportive ou un discours du président des États-Unis — ce qui est en revanche fréquent sur les *networks*. La chaîne peut, ensuite, décider de commander ou non de nouvelles saisons, mais elle n'interrompra pas la production du jour au lendemain. Les chaînes du câble produisent moins de séries que les *networks* (c'est en voie de changement...) mais ces conditions de production plus favorables permettent aux scénaristes travaillant sur une série du câble de concevoir leurs saisons sous la forme d'une narration d'un seul tenant, soigneusement écrite à l'avance, et pour cela dotée d'une grande cohérence.

C'est ce qui explique la personnalité d'une série comme *Mad Men*. Située dans une agence de publicité de Madison Avenue, à New York, au début des années soixante, cette production extraordinairement léchée sur le plan visuel, interprétée par des comédiens de talent, recourt volontiers aux silences, aux sous-entendus, aux non-dits. La finesse de ses observations sur la condition des femmes au début des années soixante, la précision de chaque détail vestimentaire et de chaque élément de décor, la subtilité des relations entre les personnages en ont fait la coqueluche des intellectuels américains. C'est une très belle série, dont la narration avance au rythme d'un film de Yasujiro Ozu. Mais elle est produite pour la chaîne du câble AMC, et peut prendre son temps et exiger du spectateur, qui n'a pas à subir des interruptions toutes les dix minutes, qu'il le prenne lui aussi.

Il importe donc, pour apprécier les séries, de ne pas systématiquement comparer les productions des *networks* à celles des chaînes câblées. Malgré les conditions de production favorables, toutes les séries du câble ne sont pas des réussites indiscutables ; et malgré les contraintes, beaucoup de séries de *network* sont des productions de haut niveau. Certes, sans le câble, *Six Feet Under, The Sopranos, The Shield* et *Mad Men* n'auraient pas existé, mais *New York District, CSI, Cold Case* et *The Good Wife* ont été produites pour des *networks*, et on ne peut que s'en féliciter. La multiplication des diffuseurs a élargi les horizons du genre ; en permettant à des séries différentes de trouver un public, elle a créé une dynamique d'émulation nouvelle et contribué à accroître la qualité des productions.

DE LA CONTINUITÉ

Avant la fin des années soixante-dix, les directeurs de programmation n'aimaient pas les séries à suivre. Certes, il en existait déjà — les *soap-operas,* ces feuilletons quotidiens programmés en mi-journée — mais on présumait que la mémoire des spectateurs était trop courte pour suivre des feuilletons hebdomadaires. Lorsque *Dallas* (CBS, 1978-1991) fait ses débuts à l'antenne, les scénaristes en font un feuilleton contre l'avis de la chaîne ; CBS se rend compte très vite que non seulement le public suit parfaitement mais qu'il adore ça et en redemande. Considérée comme l'une des meilleures séries de l'histoire de la télévision américaine, *Dallas* reste furieusement méprisée en France, pour des raisons très simples, mais peu connues, et pour cause ! On ignore ici que l'argument initial était celui d'une tragédie shakespearienne à la

Roméo et Juliette transposée avec beaucoup de sérieux dans le milieu des pétroliers texans. On ignore (j'en reparlerai) que la série est mal doublée et ses dialogues français édulcorés. On ignore par conséquent qu'il s'agit d'une fiction mordante et méchante, destinée à montrer les travers des hommes les plus riches du monde. Le détestable J.R. Ewing en est d'abord une figure secondaire, mais le charisme de son interprète, Larry Hagman, et la vilenie du personnage le mettent bientôt au premier plan, comme pour illustrer l'aphorisme d'Alfred Hitchcock : « Quand le méchant est réussi, le film l'est aussi. » Un méchant feuilletonnant, c'est encore mieux. Les spectateurs n'en ont jamais assez. Du coup, les scénaristes s'en donnent à cœur joie : à la fin de la deuxième saison, ils s'offrent le luxe de flinguer J.R. et de le laisser entre la vie et la mort, imposant aux spectateurs d'attendre trois mois pour découvrir qui lui a tiré dessus et s'il a survécu. Ils attendront deux mois de plus : à la rentrée, une grève des scénaristes met toutes les productions en panne !

En 1985, l'un des comédiens principaux, Patrick Duffy, reprend sa liberté ; son personnage, Bobby Ewing, frère cadet de J.R., meurt dans un accident de voiture. Un an plus tard, Duffy veut reprendre son rôle. Ça tombe bien, c'est l'une des rares figures vertueuses du clan, et il manque au public. Mais comment ressusciter Bobby ? En faisant preuve d'un culot digne des feuilletonnistes du XIXe siècle : au début de la saison suivante, un beau matin, sa veuve Pamela se réveille, voit sortir son mari tout souriant de la douche, et se rend compte que l'accident de voiture et tous les rebondissements survenus depuis un an n'étaient qu'un rêve — en trente épisodes. Rien que ça ! La continuité est rétablie, au prix d'une invraisemblance devenue légendaire. Mais est-ce si invraisemblable que ça ? Les feuilletons ne sont-ils pas, au fond, des rêves à épisodes ?

Devant le succès de *Dallas*, d'autres équipes entreprennent d'introduire des éléments feuilletonnants dans leurs productions. Les créateurs de *Hill Street Blues,* dont j'ai parlé plus tôt, le font très vite, au service cette fois-ci d'une critique sociale plus profonde. *Dallas* avait initié les spectateurs à l'attente. À partir de *Hill Street Blues,* ils ne se contentent plus d'attendre. Ils passent la semaine à s'interroger sur les états d'âme, les dilemmes et les choix cornéliens des personnages. Et, inévitablement, sur les leurs. Les scénaristes de télévision des années soixante et soixante-dix étaient des auteurs de nouvelles. *Dallas* et *Hill Street Blues* en ont fait des Shéhérazade, et de leurs séries des contes des *Mille et Une Nuits.* Les spectateurs qui se délectent aujourd'hui de *Desperate Housewives* et de *The Wire* doivent toute leur gratitude à ces deux séries-là et à celles qui leur ont emboîté le pas.

DU « PILOTE »

Si l'on vous invite à regarder une série, surtout ne la prenez pas en marche. Pour savoir si vous l'apprécierez, il est souvent indispensable de regarder le « pilote » — le premier épisode. Il est, selon les cas, le prototype des récits ou le début de la longue histoire que la série va ensuite décliner. D'abord parce qu'il installe un certain nombre de repères auxquels la série fera constamment référence. Ensuite parce que le style visuel, les principaux personnages, l'atmosphère, le type d'intrigue sont soigneusement travaillés pour donner une « couleur » à la série à venir. Bien sûr, lorsque la série a du succès et s'installe, elle évolue au fil des années, le style visuel s'affine, des personnages arrivent ou s'en vont, les scénarios se compliquent. Mais s'il s'agit d'une œuvre cohérente, l'esprit reste le même.

Pendant longtemps, le pilote fut un téléfilm de 75 minutes (90 minutes avec publicité) qui racontait une histoire complète. Il était diffusé au printemps, après la saison des séries à l'antenne. Les résultats d'audience incitaient ou non la chaîne à commander une première saison pour l'automne suivant. Ce fut le cas pour *Urgences*, dont on peut apprécier le pilote sans regarder la série : tout y est déjà — la frénésie du rythme, les dizaines d'histoires entrecroisées, la critique sociale, les dilemmes éthiques, l'hyperréalisme du dialogue et des situations. Mais je connais peu de spectateurs qui, ayant aimé ce film, n'ont pas regardé la suite. Et quand on la regarde, on voit que le « pilote » ne fait que poser des jalons. Rien n'y est inscrit dans le marbre. Ainsi, l'infirmière Carol Hathaway, quasi muette pendant toute l'histoire, se suicide à la fin en avalant des barbituriques. L'intention était de montrer que les soignants peuvent mourir de désespoir, eux aussi. Mais le personnage plaît tellement au public à qui on a projeté le film en avant-première que, lorsque NBC commande la série, les scénaristes décident de ressusciter Hathaway. Ils savent reconnaître un bon personnage, repérer une bonne actrice. Et quand ils tiennent l'un et l'autre, ils ne les lâchent pas.

Aujourd'hui encore, les pilotes sont tournés en début d'année et visionnés par les directeurs de programmation des chaînes au printemps pour diffusion éventuelle de la série à l'automne. S'ils ne parviennent pas à convaincre, ils restent invisibles pour le grand public.

Parfois, le pilote montré à la chaîne est modifié avant diffusion : un comédien n'a pas plu, on le remplace et on retourne les scènes du personnage correspondant ; parfois le scénario est profondément modifié. Lorsque la série a beaucoup de succès, il arrive que le pilote originel réapparaisse en ligne ou dans l'édition en DVD. On peut alors mesurer à quel point le matériau a été retravaillé. Parfois, même, il est repris dans la série : l'exemple le plus connu est le premier pilote de *Star Trek* (« The Cage »). On y découvre que les costumes étaient différents ; que Spock, personnage emblématique, y était déjà présent, mais que le capitaine était interprété par un autre comédien, et l'officier en second par une femme. En 1966, pareil féminisme était considéré comme beaucoup trop audacieux par la chaîne, et c'est ce qui avait valu à ce premier pilote d'être rejeté. Il fut découpé et habilement inséré sous forme de flash-back dans un épisode en deux parties (« The Menagerie ») au cours de la première saison de la série, mais on peut aujourd'hui en découvrir la version originale intégrale dans l'édition DVD. À l'inverse, lorsque les responsables de CBS virent le pilote de *Mission : Impossible,* ils furent enthousiasmés par la construction, le montage, le rythme et le suspense. Mais ils se demandèrent s'il serait possible de refaire la même chose chaque semaine. Celui de *New York District* et celui d'*Urgences* provoquèrent des réactions similaires. On sait ce qu'il advint : la série des années soixante dura sept ans ; les deux autres vingt et quinze ans, respectivement. Quand un pilote est de cette qualité-là, ce n'est ni un hasard ni un accident. Et le public ne s'y trompe pas.

PLOT AND CHARACTERS (HISTOIRE ET PERSONNAGES)

La forme d'une série influe sur son contenu, et réciproquement. Les trois séries précédemment citées en sont de parfaits exemples.

Mission : Impossible (CBS, 1966-1973) est ce qu'on appelle un « formula show ». La recette est toujours la même : une équipe fonctionnant comme une troupe de théâtre doit mystifier et / ou mettre hors d'état de nuire un adversaire redoutable (gangster ou dictateur) ou sauver des innocents menacés de mort au moyen d'une machination élaborée. La formule est éprouvée : c'est celle des grands escrocs tels que les mettront plus tard en scène des films comme *L'Arnaque* (*The Sting,*

George Roy Hill, 1973), *Engrenages* (*House of Games,* David Mamet, 1987) et *Les Associés* (*Matchstick Men,* Ridley Scott, 2003).

Mission : Impossible est un *plot-driven show,* une série dont la construction (*plot*), toujours identique, guide l'écriture. Les changements de personnages ne sont pas expliqués, car les personnages n'ont ni passé ni vie privée. Tous les épisodes sont des histoires complètes, on peut donc les regarder dans n'importe quel ordre.

Lorsque la machination est réussie, elle mystifie aussi le spectateur. Pendant ses quatre premières années, *Mission : Impossible* y parvient avec brio. Ensuite la série se dégrade, car les scénarios ne peuvent que se répéter. La construction est solide mais, faute de personnages à faire évoluer et faute de pouvoir parler du monde d'une manière moins manichéenne, elle devient mécanique et s'épuise. Quarante ans plus tard, on peut la reprendre et, si cinéaste et scénaristes ne connaissent ou n'aiment pas la série, en faire trois mauvais films. Quand ils la connaissent et l'ont parfaitement comprise, comme c'est le cas d'André Nemec et Josh Applebaum (tous deux scénaristes de télévision...), ils en font un excellent film, qui non seulement fait une douzaine de clins d'œil à la série de Bruce Geller, mais en restitue parfaitement l'esprit et les surprises, en se payant, en outre, le luxe de ne jamais se prendre au sérieux. Une bonne histoire, une bonne histoire...

New York District (*Law & Order,* NBC, 1990-2010) est elle aussi un « formula show » : la découverte d'un crime déclenche une enquête, une instruction et un procès, le tout en une heure (en vingt ans, la série ne compte que deux épisodes à suivre). C'est également un *plot-driven show*, mais c'est la nature du sujet qui l'impose : tout crime doit faire l'objet d'une investigation et, le cas échéant, de l'attribution de responsabilités. En apparence, les épisodes sont tous des histoires complètes. Mais, dès le début de la deuxième saison, ce n'est plus vrai : l'un des inspecteurs est assassiné dans l'épisode d'ouverture et c'est sur son assassinat qu'on enquête. Par la suite, tous les mouvements de personnages, qui seront nombreux en vingt ans, seront commentés et intégrés aux histoires. Pendant vingt ans, *New York District* pratiquera de plus un jeu d'équilibriste entre histoires complètes et appels à la mémoire en reprenant des affaires antérieures, en faisant réapparaître occasionnellement des personnages familiers, en produisant des histoires communes avec d'autres séries (*crossovers*), en évoquant régulièrement des affaires criminelles « *ripped from the headlines* » (« arrachées aux unes des journaux »). Pendant ces vingt années *New York District* évoque toute l'histoire politique, judiciaire et morale des États-Unis, des débats sur la peine de mort aux attentats du 11 septembre, en passant par les élections de Bush et d'Obama et les guerres en Afghanistan et en Irak. Et au fil de ses vingt saisons, on visite « *Big Apple* » en long, en large et en travers.

Urgences (*ER*, NBC, 1994-2009), chronique de la vie des soignants dans un service d'urgences médicales à Chicago, se présente d'emblée comme une série à suivre, ne serait-ce que parce que Carol Hathaway (Julianna Margulies) est toujours vivante dans l'épisode qui suit le pilote. Son coma aux barbituriques n'est pas oublié, au contraire : sa relation amoureuse complexe avec le docteur Doug Ross (George Clooney), responsable de la tentative de suicide, devient l'une des lignes narratives fortes de la série qui captive le public pendant les cinq premières saisons (jusqu'au départ de George Clooney de la série). La nature feuilletonnante est clairement revendiquée : scénaristes et comédiens déclarent que leur série est l'héritière de *Hill Street Blues*...

Mais contrairement à *New York District* qui, pendant vingt ans, offrira des épisodes à peu près tous construits (à une poignée d'exceptions près) sur le même modèle, *Urgences* va, pour sa part, s'arracher périodiquement au décor et aux routines du Cook County Hospital. En envoyant ses personnages ailleurs, en tournant un épisode en direct, en construisant des histoires antichronologiques, etc. Les personnages sont nombreux, ce qui permet de varier les points de vue. Et tandis que *New York District* reste discrète sur la vie privée de ses protagonistes, *Urgences* entre dans l'intimité des siens et ne leur épargne rien — ni les conflits conjugaux, ni les maladies graves, ni les agressions, ni les problèmes financiers, ni la toxicomanie... Quand on regarde *Urgences*, on sait que les soignants sont des individus comme les autres. C'est le prototype du « *character-driven show* », série dont l'écriture lance (et suit) les personnages (*characters*) dans des histoires de longue haleine. Ce qui guide les scénaristes, c'est ce qu'ils font vivre à John Carter, Mark Greene, Doug Ross, Carol Hathaway et tous leurs collègues, patients, familles et amis.

DES ALÉAS ET COUPS DE POKER

À la télévision, rien n'est jamais acquis. Il arrive qu'un pilote soit refusé par une chaîne et acheté par une autre : celui de *New York District*, refusé par FOX puis CBS, fut repêché par NBC et la série dura vingt ans. Certains pilotes sont commandés au dernier moment et sans conviction, pour boucher une case horaire vide. À l'opposé, même si la chaîne est enthousiaste, le succès n'est pas garanti. Chaque année, des séries annoncées à grand fracas font des audiences médiocres et disparaissent presque aussi vite qu'elles sont apparues, après la diffusion de quelques épisodes, voire un seul. Pour beaucoup de séries, c'est du tout ou rien. Lorsque les premiers épisodes recueillent le public correspondant au « profil » visé par la chaîne, la série s'installe et s'épanouit très vite. Faute de spectateurs, la diffusion est suspendue, écriture et tournage cessent, comédiens et équipes sont licenciés et se mettent en quête d'un autre travail. Car la production télévisée est avant tout une histoire d'argent. Et l'argent suit le regard du public. Plus une série est populaire, plus elle attire les annonceurs et plus elle dure — quelles que soient les raisons de sa popularité. L'Amérique est un grand pays. Il n'y a pas un, mais *des* publics américains, qui regardent des choses différentes selon l'époque, l'âge, le niveau socio-économique, le bagage culturel. Les chaînes le savent, elles n'ont pas de préjugé (tout public est respectable) et elles s'efforcent de créer des fictions ciblées. Ce qui explique la diversité des productions. Elles ne se font pas d'illusion non plus : le public étant hétérogène, le succès est imprévisible. Personne ne prévoyait celui des *Experts* (CBS, 2000-EP) qui, contre toute attente, rencontra un succès inattendu et durable (elle entamera en 2012 sa treizième année de production) et eut deux conséquences. D'une part, la multiplication de ce qu'on appelle les *forensic shows* — séries centrées sur la médecine légale et les techniques scientifiques d'investigation (*NCIS, Bones, Crossing Jordan*...) ; d'autre part, la création de deux séries dérivées au titre similaire, aux enquêtes construites sur le même principe, mais situées dans des cadres différents : *Les Experts : Miami* (*CSI : Miami,* CBS, 2002-EP), *Les Experts* : *Manhattan* (*CSI : NY*, CBS, 2004-EP). Toutes trois sont, depuis une dizaine d'années, les séries les plus regardées au monde.

L'argent n'est pas le seul facteur de longévité. Parfois, des séries aux audiences insuffisantes échappent momentanément au couperet grâce au soutien d'un patron de chaîne, et finissent par trouver leur public : *Hill Street Blues* et la comédie *Seinfeld* bénéficièrent de cette seconde chance. D'autres sont maintenues à l'antenne parce qu'elles accumulent les récompenses prestigieuses. Lauréate de plusieurs Peabody Awards (équivalent du Pulitzer pour la télévision) mais affublée de très mauvais taux d'audience, la très exigeante *Homicide* (1993-2000) fut diffusée pendant sept ans par NBC parce que celle-ci était alors *network* n° 1 aux États-Unis. Sans son soutien, David Simon et Tom Fontana, maîtres d'œuvre de *Homicide*, n'auraient pas pu créer ensuite *Oz*, *The Wire* et *Treme*...

En Amérique, le succès d'une série ne garantit pas seulement son maintien à l'antenne. Il garantit aussi que les responsables de la chaîne ne se mêleront pas de l'écriture. Bill Lawrence, créateur et *showrunner* de la sitcom médicale *Scrubs*, m'expliquait lors d'une interview que la logique des chaînes repose sur le vieil adage américain : « *If it ain't broke, don't fix it !* » — « Si ça fonctionne, n'y touchons pas ». Au début de la première saison, NBC se mêlait de tout. Quand *Scrubs* a rencontré un double succès critique et public, la chaîne l'a laissé tranquille.

Mais les chaînes prennent aussi parfois des risques importants avec des séries au concept original. En 1990, ABC commande à Steven Bochco, scénariste-producteur à succès, une série policière musicale. C'est *Cop Rock*, œuvre étonnante qui introduit dans le drame policier le plus noir des séquences chantées et dansées dignes de *West Side Story*, sur des musiques de Mike Post et Randy Newman. Le public ne suit pas, la critique non plus, et la série s'arrête au bout de onze épisodes. Grâce à Alain Carrazé, quelques centaines de milliers de spectateurs français ont pu la voir sur Canal Jimmy au cours de la décennie suivante. L'histoire des séries musicales ne s'arrête pas là. En 2002, NBC lance *American Dreams,* comédie dramatique située dans les coulisses d'une authentique émission de télévision populaire des années cinquante, *American Bandstand.* La série mêle une fiction (l'histoire de Meg Pryor, une adolescente qui danse sur la scène de l'émission) aux reconstitutions de numéros musicaux authentiques. Elle ne dure que trois ans et, malgré ses grandes qualités, seule la première saison existe en DVD.

Dix ans plus tard, l'une des séries les plus populaires de la chaîne FOX est *Glee* (2009-EP), fantaisie musicale centrée sur le *glee club* (« groupe vocal ») d'une *high school.* Chaque épisode comprend quatre à six séquences chantées et / ou dansées, au cours desquelles les jeunes comédiens revisitent des succès populaires. Début 2012, NBC a lancé avec succès la série *Smash,* qui se déroule dans les coulisses d'un *musical* de Broadway consacré à Marilyn Monroe, avec paroles et musiques originales. *Cop Rock* était en avance sur son temps. Un certain nombre de séries ont flirté occasionnellement avec ce mélange en tournant des épisodes musicaux. Le plus connu reste celui de *Buffy contre les vampires* (« Once More, with Feeling... », s. 6, ép. 7), mais les sitcoms *The Drew Carey Show, Scrubs, Malcolm in the Middle, That 70's Show, Community,* la série d'aventures *Xena : Warrior Princess*, les *dramas Chicago Hope* et *Ally McBeal,* et même la série carcérale *Oz* comptent tous un épisode musical au moins. Pour ce qui est du métissage entre le genre policier et la musique, en revanche, *Cop Rock* reste une expérience unique.

À ce jour, les deux seules grandes séries policières à succès ayant bénéficié d'un traitement musical aussi systématique et original, quoique très différent, sont *Deux flics à Miami* (*Miami Vice*, NBC, 1984-1989), aux bandes-son vigoureusement rythmées par la production musicale de son époque, et *Cold Case*, qui puise dans quatre-vingt-dix années de chansons populaires anglaises et américaines !

SPIN-OFF, FRANCHISES ET INFLUENCE

Le mot *spin-off* désigne une série dérivée d'une autre série. À partir d'une série à succès, on en crée une autre. En reprenant le concept ou l'atmosphère, ou plus simplement un personnage. Les comédies se prêtent volontiers à ce traitement, qui ne donne pas toujours les résultats espérés. *Friends* (NBC, 1994-2004), l'une des comédies les plus populaires au monde, fut suivi par la très brève (et pas très bonne) *Joey* (NBC, 2004-2006), production centrée sur l'un des personnages originels.

Buffy contre les vampires (*Buffy the Vampire Slayer*, WB puis UPN, 1997-2003), autre série — à juste titre — extrêmement populaire, donna naissance à *Angel* (WB, 1999-2004), tout aussi réussie à mes yeux. Du fait de leur diffusion simultanée, elles constituent un exemple rare de narration parallèle.

La série de science-fiction la plus connue au monde, *Star Trek* (NBC, 1966-1969), créée par le scénariste et ancien pilote Gene Roddenberry, fit après son annulation l'objet d'un attachement durable grâce à ses multiples rediffusions. Le nombre croissant de ses fans rendit possible la production de plusieurs films et, vingt ans après la première diffusion, donna naissance à une fiction extrêmement populaire : *Star Trek : La Nouvelle Génération* (*Star Trek : TNG,* 1987-1994). Suivirent trois autres séries dérivées (*Star Trek : Deep Space Nine, Voyager* et *Enterprise* — que les fans abrègent en *DS9, VOY* et *ENT*), qui occupèrent les écrans jusqu'en 2005. Aujourd'hui, chacune de ces séries est régulièrement rediffusée sur des chaînes consacrées à la science-fiction et au fantastique, et les produits dérivés — qui vont des figurines aux jeux vidéo en passant par les films, les romans et même un dictionnaire du klingon, langage imaginaire créé pour la série — dépassent tout ce que l'on aurait pu imaginer dans les années soixante. Contrairement à un préjugé fréquent en France, *Star Trek* était une excellente série, même si elle a visuellement vieilli, *ST : TNG* est encore meilleure et tous les connaisseurs de cet univers s'accordent pour dire que *DS9* est un pur chef-d'œuvre : créée à l'époque du conflit dans les Balkans, elle aborde de manière métaphorique mais claire et courageuse les questions morales posées par la reconstruction, les séquelles d'occupation, les déchirements interethniques, la place de la religion dans les conflits armés.

Le monde de *Star Trek* est probablement le plus vaste jamais créé à partir d'une série télévisée. Mais une autre série, réaliste celle-là, compte plus de *spin-off*, et avec eux totalise un plus grand nombre d'épisodes encore. C'est *New York District (Law & Order)*. En 2001, le créateur et producteur de la série, Dick Wolf, lance une première série dérivée, *New York, Unité spéciale* (*Law & Order : Special Victims Unit*, NBC, 2000-EP). Suivront *New York, Section criminelle* (*Law & Order : Criminal Intent,* NBC, 2001-2011) et deux séries de plus courte durée : *New York, Cour de justice* (*Law & Order : Trial by Jury,* NBC, 2005-2006) et, juste après la fin de la série originelle, *Law & Order : LA (Los Angeles, Police judiciaire,* NBC, 2010-2011). Soit, à ce jour, 981 épisodes, contre 726 pour *Star Trek*. Et si l'œuvre de Roddenberry, grâce à ses dérivées, a étendu son univers fictif, Dick Wolf, pour sa part, a créé une franchise reprise par deux séries russes (adaptations de *Unité spéciale* et *Section criminelle*), une série française (l'assez affligeante *Paris, Section criminelle*) et une série britannique, *Law & Order : UK*. Cette dernière transpose avec fidélité et intelligence les scénarios de la série originelle dans le cadre du système judiciaire britannique.

Dans un cas comme dans l'autre, on peut penser qu'un nombre d'épisodes aussi considérable a un impact important sur la culture collective. S'agissant de séries (d'univers...) de grande qualité, et dont les scénarios sont résolument centrés sur les dilemmes et conflits moraux, on est en droit de s'interroger sur leurs échos dans le public américain. C'est bien entendu impossible à mesurer, mais je citerai cependant deux exemples significatifs. Le premier reflète la reconnaissance des deux séries par les institutions : à la demande du président Gerald Ford, la première navette spatiale expérimentale fut baptisée *Enterprise* en hommage au vaisseau de la série de Gene Roddenberry ; les deux maires successifs de New York, Rudy Giuliani et Michael Bloomberg, firent l'un et l'autre, ès qualités, des apparitions significatives dans *New York District*. Il faut dire qu'au fil des vingt-deux années écoulées, les séries de Dick Wolf sont devenues une institution dans la métropole américaine.

Un second signe de reconnaissance en témoigne : l'impact intellectuel des deux créations. L'une et l'autre servent en effet d'outil pédagogique et de matériau d'analyse aux enseignants de droit et de philosophie, au travers de nombreux ouvrages tels *Prime Time Law* (1998), *The Ethics of Star Trek* (2001), *Star Trek and Philosophy* (2008), *What's Good on TV — Understanding Ethics through Television* (2011) et bien d'autres. Cela n'a rien d'étonnant : aux États-Unis, les fictions qui donnent à réfléchir sont toujours traitées avec respect.

SÉRIES, CINÉMA ET THÉÂTRE

En France, la critique télévisée et cinématographique a longtemps affirmé que les bonnes séries télévisées américaines sont rares, sauf quand elles sont l'œuvre de cinéastes tels Alfred Hitchcock (pour son anthologie noire *Alfred Hitchcock Presents*) et David Lynch (pour *Twin Peaks*). Ce type de déclaration marque souvent une grande ignorance du genre et de son fonctionnement. Dès les années cinquante, beaucoup de réalisateurs de cinéma américains tournent pour la télévision. Ceci pour une excellente raison : les maisons de production hollywoodiennes ont les moyens et les infrastructures qui permettent d'alimenter les chaînes ; au lieu de les combattre, elles leur vendent des fictions. Ainsi, au générique de *The Twilight Zone (La Quatrième Dimension)*, de *Alfred Hitchcock Presents* et de *Gunsmoke*, la série western la plus longue de l'histoire du XXe siècle, on trouve les noms de Hitchcock lui-même mais aussi de Jacques Tourneur, John Brahm, Joseph H. Lewis et bien d'autres cinéastes de talent. Au fil des décennies, des unités de production spécifiques se sont individualisées mais les liens entre cinéma et télévision n'ont jamais été rompus. Depuis, qu'il s'agisse des scénaristes ou des réalisateurs, les exemples de circulation entre les deux mondes sont nombreux et incessants : en même temps qu'il commençait sa carrière cinématographique, Michael Mann fut scénariste de *Police Story* (NBC, 1973-1978) puis créa et produisit *Deux flics à Miami* et *Crime Story* (1986-1988), toutes trois considérées aujourd'hui comme des classiques. Le cinéaste Barry Levinson a produit *Homicide : Life on the Street* ; Ted Kotcheff (*L'Apprentissage de Duddy Kravitz, Rambo*) est depuis 1999 producteur exécutif de *New York, Unité spéciale.* Quant à l'une des séries les plus remarquées de ces deux dernières années, *Boardwalk Empire* (HBO, 2010-EP), située à Atlantic City pendant la Prohibition, elle est produite par Martin Scorsese. La liste pourrait être beaucoup plus longue, mais comme on le voit, la frontière entre cinéma et télévision est plus perméable que celle qui sépare les États-Unis du Canada.

Un jour, Michael Crichton propose à Steven Spielberg un scénario intitulé *24 Hours*. Les deux hommes se consacrent d'abord à *Jurassic Park*. Pendant ce temps, l'un des collaborateurs de Dreamworks tombe sur le script de Crichton et y voit la matrice d'une série. Ce sera *Urgences,* qui verra défiler et / ou lancera une tripotée d'excellents acteurs de cinéma (George Clooney, William H. Macy, Stanley Tucci, Michael Ironside, Ewan McGregor, Don Cheadle, Eli Wallach, James Woods, Ernest Borgnine, John Leguizamo, Sally Field, Danny Glover, Forest Whitaker, Stacy Keach, Ray Liotta, Kirsten Dunst). Pendant ses cinq saisons d'*Urgences,* George Clooney tournera six films, en particulier avec Robert Rodriguez et Steven Soderbergh. Et parmi les réalisateurs de la série, il faut mentionner entre autres Quentin Tarantino, qui n'a pas trouvé infamant non plus de mettre en scène quelques années plus tard un épisode (en deux parties) de *CSI / Les Experts*...

Ce qui, en réalité, caractérise la personnalité et les qualités des séries n'est pas leurs liens avec le cinéma, mais le travail de longue haleine des scénaristes, comédiens et équipes de production. Tenus de proposer chaque semaine un mini-film nouveau, et donc de travailler pendant des mois, voire des années en équipe, dans des décors permanents, sous la direction du *showrunner,* le personnel d'une série ressemble beaucoup plus à une troupe de théâtre qu'à l'équipe d'un film. Il est d'ailleurs significatif que, grâce à cette configuration, nombreux sont les comédiens de télévision qui passent à la réalisation ou à l'écriture de scénario. Certains, comme David Schwimmer (interprète de Ross Geller dans *Friends*), abandonnent la comédie pour devenir réalisateurs et producteurs de télévision à temps plein ; d'autres se mettent à écrire, produire et réaliser leurs propres longs métrages (George Clooney, encore lui).

DES *GUEST-STARS*

La *guest-star* annoncée au générique peut être un comédien familier ; mais l'un des plaisirs qu'offre régulièrement la vision d'une série ou d'un épisode anciens est la découverte, dans un petit rôle, d'un(e) comédien(ne) devenu(e) par la suite une vedette. *New York District* est riche en plaisirs de cet ordre. Tournée à New York, plaque tournante du théâtre, comme Hollywood est celle du cinéma et de la télévision, la série créée par Dick Wolf a vu, pendant ses vingt années de production, défiler une liste impressionnante d'acteurs de talent. Ses directeurs de casting étaient connus pour leur exigence et les débutants qui y décrochaient ne serait-ce qu'une seule réplique gagnaient immédiatement en notoriété. Ainsi Claire Danes, Felicity Huffman et Philip Seymour Hoffman y firent des débuts remarqués dans des rôles importants. Apparurent également au générique, parmi beaucoup d'autres, William H. Macy, James Earl Jones,

Alec Baldwin, Kevin Smith, Kathleen Turner, Lara Flynn Boyle, Elliott Gould, Keith Carradine... et, dans le 300e épisode, Julia Roberts, star déjà internationale, en veuve noire assassinant ses amants au Viagra !

Pour sa part, *New York, Unité spéciale* s'est fait une spécialité de proposer des rôles difficiles à des *guest-stars* de haut calibre. La série consacrée aux crimes sexuels est en effet souvent centrée sur un personnage de victime et / ou de psychopathe. La liste comprend entre autres Ben Gazzara, George Segal, Jacqueline Bisset, Matthew Modine, Rita Moreno, Alfred Molina, Bill Pullman, Robin Williams, Jeremy Irons dans le rôle d'un psychiatre soupçonné d'avoir abusé de sa fille, Sharon Stone dans celui d'une *district attorney* (substitut du procureur) très perturbée, et Jerry Lewis, extraordinaire en vieillard maniaco-dépressif. Les rôles sont si bien écrits que depuis 2000, chaque année ou presque, lors de la cérémonie des Emmy Awards, l'un de ces invités est nominé dans la catégorie *Outstanding Guest* — invité(e) exceptionnel(le). En 2007, Leslie Caron reçut un Emmy Award pour son interprétation, bouleversante de sobriété et de dignité, d'une victime de viol dans « Recall » (s. 8, ép. 3).

DES *CROSSOVERS*

Un *crossover* est une histoire réunissant deux personnages ou deux mondes imaginaires habituellement distincts. Il se pratique depuis longtemps, dans tous les genres.

La littérature : Arsène Lupin contre Herlock Sholmès en 1908 (Maurice Leblanc avait dû inverser les initiales pour des raisons de droit, mais personne n'était dupe), Superman et Batman en 1941 dans *All Star Comics* n° 7 (les deux personnages existaient respectivement depuis 1938 et 1940), Cyrano et d'Artagnan dans le film d'Abel Gance en 1963, etc. Deux personnages pour le prix d'un double plaisir. Comme on dirait au Québec : « Les *crossovers,* c'est *l'fun* ! »

La fiction télévisée en est friande et le pratique régulièrement ; le plus souvent entre deux séries produites par le même studio : ainsi, dans un des tout premiers épisodes de *Friends* en 1995 (« The One with Two Parts, 2 », s. 1, ép. 17), Rachel se retrouve à l'hôpital, où elle voit apparaître deux médecins interprétés par George Clooney et Noah Wyle, dans leurs costumes d'*Urgences.* Les studios des deux séries étaient voisins sur le lotissement de la Warner Bros. Les deux acteurs n'avaient même pas eu besoin de se changer.

Quelques années plus tard, David E. Kelley produisit un *crossover* entre ses deux séries d'avocats du moment, la comédie dramatique *Ally McBeal* sur FOX et le mélodrame *The Practice* sur ABC. L'histoire en deux parties débuta dans la première (*Ally McBeal,* s. 1, ép. 20) et se conclut dans la seconde (*The Practice,* s. 2, ép. 26), le même soir, sur des cases horaires consécutives. Ce n'était pas une mince affaire, car les deux séries étaient produites pour deux chaînes différentes, et les chaînes n'aiment pas qu'on les quitte à la fin d'un épisode... Kelley renouvela l'expérience à plusieurs reprises en « croisant » ses séries entre elles, ou avec celles d'autres producteurs.

Law & Order, tournée à New York, compte trois *crossovers* avec la série *Homicide*, située et tournée à Baltimore (en 1996, 1997 et 1999). Les producteurs et scénaristes respectifs se connaissaient et s'appréciaient, et la première série, vedette de la chaîne, donnait ainsi régulièrement un coup de pouce à la seconde en invitant son public à la regarder.

Les *crossovers* de séries ne sont pas seulement *l'fun*. Ils sont aussi l'occasion de faire connaître une série aux spectateurs de l'autre, de confronter des figures qui ne se rencontrent habituellement jamais. En mêlant avec succès des mondes cohérents, les *crossovers* renforcent la crédibilité des séries ; de plus, elles usent allègrement de la sympathie que les spectateurs éprouvent pour les personnages. Cela peut donner des choses étonnantes, telles que faire apparaître des personnages dans des environnements très différents. Un comédien et le personnage qu'il incarne ont battu tous les records en ce domaine. Il s'agit de Richard Belzer, qui prête depuis vingt ans sa silhouette dégingandée et son humour caustique au *detective* John Munch. Policier de la brigade criminelle de Baltimore tout au long des sept années de production de *Homicide*, Munch déménage à New York lorsque la série s'achève et rejoint en 1999 le *precinct* de *New York, Unité spéciale*, dont il est l'un des personnages depuis treize ans bientôt. En vingt ans, le personnage a fait des apparitions personnalisées dans sept autres séries — y compris *X-Files* (FOX, 1993-2002), la série fantastique la plus populaire du XXe siècle, et *The Wire* (HBO, 2002-2008), l'une des séries les plus prestigieuses de la télévision américaine. Autant dire qu'il est devenu une icône culturelle.

Mes *crossovers* préférés sont ceux, nombreux, que pratiquèrent les scénaristes de *Diagnostic : Meurtre* (*Diagnosis* : *Murder,* CBS, 1993-2001). Cette comédie policière interprétée par le comédien Dick Van Dyke avait pour personnage central un vieux médecin, le docteur Mark Sloan, jouant les Sherlock Holmes à ses heures perdues avec l'aide de ses deux assistants, médecins eux aussi, et de son fils, inspecteur de police. L'atmosphère était initialement celle d'une série policière à l'ancienne composée d'épisodes unitaires. À partir de la quatrième saison, les deux principaux scénaristes, Lee Goldberg et William Rabkin, se mettent à faire apparaître des comédiens de séries télévisées classiques dans leur rôle fétiche ou dans des *cameos,* apparitions brèves mais fortement évocatrices. *Diagnostic : Meurtre* fit ainsi des allusions et clins d'œil très clairs et très drôles à *Star Trek, Mission : Impossible* et *Chapeau melon et bottes de cuir* ; aux séries d'espionnage *I Spy* (NBC, 1965-1968) et *Agents très spéciaux* (*The Man from UNCLE,* NBC, 1964-1968), à la médico-légale *Quincy* (NBC, 1976-1983), mais aussi au... *Dick Van Dyke Show* (CBS, 1961-1966), sitcom qui avait fait de son interprète principal une vedette.

Le plus étonnant de ces *crossovers* est aussi un

tour de force de scénario et de montage. En 1997, dans « Hard-Boiled Murder » (*Diagnostic : Meurtre*, s. 4, ép. 17), le docteur Sloan est amené à soigner son vieil ami Joe Mannix (Mike Connors), héros de la série (*Mannix*, CBS, 1967-1975), et reprend avec lui une enquête inachevée (« Little Girl Lost », *Mannix*, s. 7, ép. 4) datant de 1973 ! L'épisode rassemble la distribution de l'épisode original de *Mannix* et insère dans le récit, en guise de flash-back, plusieurs séquences issues de celui-ci. Le résultat est non seulement éblouissant d'intelligence mais extrêmement émouvant.

Une seule autre série, à ma connaissance, a procédé à un *crossover* aussi élaboré, en poussant même l'expérience encore plus loin — c'est *Star Trek : Deep Space 9*. En 1996, dans « Trials and Tribble-ations » (s. 5, ép. 6), à l'occasion du trentième anniversaire de la série originelle, l'équipage de la station Deep Space 9 retourne dans le passé, *à l'intérieur même* d'un des épisodes les plus populaires de *Star Trek*, « The Trouble with Tribbles » (s. 2, ép. 15). Pour ce faire, les producteurs ne se contentent pas d'emprunter et d'insérer dans leur narration des séquences de l'épisode des années soixante, ils y incrustent les personnages de DS9 et leur font rencontrer face à face, dans les mêmes plans, Kirk et Spock, leurs illustres prédécesseurs !

On l'aura deviné au fil de ces exemples, les *crossovers* ne sont pas pour autant des exercices gratuits. Délicats à écrire, complexes à produire, ils ne voient le jour que lorsqu'ils sont soutenus par une énergie créatrice considérable, un grand professionnalisme, une grande familiarité et une affection prononcée pour le genre. Pour leurs auteurs et pour les spectateurs, ce sont toujours des expériences mémorables.

Séries américaines, télévision française

Avant de poursuivre, il me faut décrire clairement les « caractéristiques » de diffusion des séries américaines en France. Elles permettent de comprendre que beaucoup de séries y soient méconnues et mésestimées.

D'abord, en toute bonne logique, les chaînes françaises n'ont pas pour vocation de diffuser des séries américaines mais de produire leurs propres fictions. Les productions étrangères sont des programmes de second choix. Dans la réalité, ces mêmes chaînes ont choisi, avec une fréquence croissante, de diffuser des séries américaines en première partie de soirée, au lieu d'acheter des films (déjà vus en DVD) et d'investir dans la production. Les droits de diffusion de dix saisons des *Experts* coûtent beaucoup moins cher que la production d'une série française originale. Aujourd'hui, les séries américaines visent un large public, comme en témoignent les grilles de soirée de TF1, France 2 et M6. Le câble, lui, consomme des séries à tour de bras, en diffusion quotidienne. Parfois, les mêmes tournent sur plusieurs chaînes en même temps. En 2007, *Friends,* sitcom la plus populaire en France, était diffusée par une demi-douzaine de chaînes : Canal +, Canal Jimmy, France 2, RTL 9 et AB1...

En France, depuis le milieu des années quatre-vingt, les séries sont traitées comme du programme bas de gamme. Si quelques productions (*Six Feet Under, Les Soprano, The Wire...*) ont depuis dix ans trouvé grâce aux yeux de quelques intellectuels, les directeurs de programmation persistent à programmer les séries pour vendre « à Coca-Cola du temps de cerveau humain disponible[1] », ainsi que le déclarait en 2004 Patrick Le Lay, P-DG de TF1. Pour les dirigeants des chaînes, toutes les séries se valent, il suffit de les adapter aux besoins.

Le choix de la case horaire ne repose pas sur la qualité des séries ou la nature du public visé, mais sur la concurrence. Et la diffusion a lieu en dépit du bon sens : plusieurs épisodes d'affilée, inédits ou en rediffusion, dans le plus grand désordre. Les sitcoms sont diffusées en fin d'après-midi (alors que la plupart s'adressent aux adultes et sont diffusées après 20 heures en Amérique, en Angleterre et en Scandinavie) ; les séries dramatiques les plus exigeantes en fin de soirée, voire la nuit (où elles ne sont évidemment pas visibles par tout le monde).

Et s'il n'y avait que ça.

1. On peut prendre connaissance de ces propos et des commentaires qu'ils suscitèrent sur le site Action Critique Médias (www.acrimed.org).

DU DOUBLAGE DÉNATURANT

Imaginez les comédies françaises les plus populaires — *La Grande Vadrouille, Le Père Noël est une ordure, Bienvenue chez les Ch'tis* — doublées dans une autre langue. Pour que la version doublée rende justice à l'original, il faut non seulement que la traduction des dialogues soit juste, mais aussi que les comédiens assurant le doublage soient excellents et bien dirigés. Toute autre attitude serait ressentie comme une trahison, ou une marque de mépris. C'est pourtant ce que les télévisions françaises font couramment subir aux séries américaines — et c'est dans le domaine des sitcoms que cette maltraitance est la plus manifeste et la plus insupportable. En effet, la version française (VF) des comédies ne respecte ni le fond (les traductions sont bâclées), ni la forme (le doublage est fait à la va-vite). Il faut reconnaître que traduire une comédie américaine est ardu : les dialogues sont truffés de jeux de mots, de sous-entendus, d'allusions, d'expressions familières, de néologismes. Dans ces conditions, le doublage est une gageure. Le sous-titrage, en revanche, s'il ne restitue pas toujours l'intégralité du sens, ne compromet pas le jeu des comédiens. Dany Boon doublé en anglais, ce n'est plus tout à fait Dany Boon. Mais Ray Romano (*Tout le monde aime Raymond*) en VF, c'est franchement catastrophique.

La version originale sous-titrée (VOST) permet à chaque spectateur (et surtout aux plus jeunes) de mieux maîtriser la langue originelle. Aux Pays-Bas et en Scandinavie, les séries américaines sont diffusées en VOST aux heures de grande écoute. Conséquence visible : tous les Scandinaves parlent couramment l'anglais. En France, aucun journal télévisé n'hésite à faire défiler des informations au bas de l'image, mais les responsables de chaînes persistent à dire que les spectateurs détestent les sous-titres ! En réalité, la diffusion des séries en version doublée n'a rien à voir avec les aptitudes des téléspectateurs. Selon moi, elle découle d'un préjugé (« Le français est noble, les autres langues sont vulgaires »), d'une posture de classe (« Les téléspectateurs ne savent pas lire les sous-titres ») et d'une réalité économique : doubler les films et les séries, c'est donner du travail à des centaines de comédiens sous-employés. Peu importe que ce soit bâclé.

VF et doublage ont de plus un inconvénient souvent ignoré : ils sont l'occasion de modifier les répliques jugées « incorrectes » par la chaîne. Dans le premier épisode de la populaire série médicale *Grey's Anatomy* (*À cœur ouvert,* ABC, 2005-EP), plusieurs étudiants du Seattle Grace Hospital ont été assignés à un interne que sa réputation a fait surnommer « The Nazi ». En entrant dans le service, ils tombent des nues : « The Nazi » est une femme afro-américaine au physique de matrone. Dans la VF, le terme est remplacé par « Tyran », ce qui conserve à peu près le sens implicite (les étudiants vont souffrir) mais fait disparaître l'exagération initiale, l'effet comique et le changement de perspective lors de l'apparition du personnage (on imaginait un homme en uniforme et botté de cuir). En quoi ce surnom (qui n'est plus mentionné par la suite) était-il problématique pour le public français ?

Autre exemple : dans un épisode de *Dr House* (« Damned if You Do », s. 1, ép. 5), le personnage-titre reçoit un patient souffrant de l'intestin. Il lui recommande, en précisant que ce n'est pas « politiquement correct », de fumer deux cigarettes par jour, car la nicotine calme les spasmes du côlon. Le patient s'inquiète : les cigarettes sont dangereuses et provoquent une dépendance. Avec sa causticité d'usage, House répond que c'est le cas de tous les médicaments qu'il prescrit, mais que celui-ci, au moins, est autorisé par la loi... Dans la VF, House prescrit... deux bols de riz par jour, et le patient s'inquiète d'une dépendance au riz complet... Ce n'est pas seulement stupide, c'est incompréhensible et ça laisse entendre, en plus, que les scénaristes écrivent n'importe quoi !

Ces trahisons (il ne s'agit pas de contresens, mais de modifications délibérées) étaient déjà pratiquées par la télévision d'État : au cours des années soixante-dix, les dialogues d'un épisode de la très populaire *Starsky & Hutch* ont été récrits pour gommer l'homosexualité d'un personnage, pourtant centrale dans l'intrigue.

Expression patente du paternalisme des chaînes — comme si l'usage du mot « nazi » ou la prescription de cigarettes allait corrompre le public —, ces pratiques sont indéfendables dans un pays qui clame haut et fort son respect des auteurs et des œuvres ; mais elles sont monnaie courante.

Pour vous en convaincre, procurez-vous les DVD de l'une des séries ci-dessus. Regardez un épisode en version française (supervisée par la chaîne), avec les sous-titres français (rédigés par d'autres traducteurs). Et comparez.

(Aujourd'hui, grâce à la TNT, certaines chaînes du câble telle France 4 proposent des VOST et on ne peut que s'en féliciter. Mais elles le font en rediffusion, à des heures souvent peu favorables, ce qui nécessite de les enregistrer. Là encore, le DVD l'emporte.)

DE LA CENSURE DES FICTIONS AMÉRICAINES À LA TÉLÉVISION FRANÇAISE

La censure frappa les séries dès les années soixante, en écartant certaines séries. Certes, la France n'avait que deux chaînes. Mais certaines absences sont parlantes. Avant l'avènement de chaînes privées, *Star Trek* — la plus progressiste et la plus marquante des séries de SF des années soixante — fut diffusée dans le monde entier mais resta invisible en France. Il y était question de tolérance, d'égalité des sexes, de pacifisme, de décolonisation. La télévision française écarta également les séries médicales, judiciaires et militaires produites aux États-Unis. Cette omission est d'autant plus significative que celles-ci étaient souvent imprégnées de critique sociale et sont pour certaines considérées aujourd'hui comme des classiques. *The Defenders* (CBS, 1961-1965), série d'avocats créée et co-écrite par Reginald

Rose[1], abordait l'avortement, la peine de mort et l'euthanasie. *Marcus Welby, M.D.* (ABC, 1969-1976) mettait en scène deux formes de médecine ; l'une tournée vers l'écoute ; l'autre vers la technologie. *M*A*S*H* (CBS, 1972-1983) critiquait clairement la présence coloniale en Asie. Les spectateurs français n'ont pas eu le droit de les voir.

Cette forme de censure continue à s'exercer via la programmation. Quand les chaînes hertziennes publiques achètent des séries et les diffusent (souvent, elles les gardent au placard...), elles le font parfois à des heures impossibles. Au milieu des années quatre-vingt-dix, alors qu'elle remportait un énorme succès le dimanche soir avec *Urgences,* France 2 diffusait *Chicago Hope* (CBS, 1994-2000), l'excellente série médicale de David E. Kelley, sous le titre stupide de *La Vie à tout prix...* le samedi après-midi, à une heure trop tardive pour le public susceptible de s'y intéresser. C'est une série magnifique, et qui, malheureusement, n'existe pas en DVD. Elle ne méritait pas ce mauvais traitement.

The West Wing (NBC, 1999-2006) se déroule dans les coulisses de la Maison Blanche ; on la considère aujourd'hui comme la meilleure fiction politique jamais produite. En Amérique du Nord et en France, les professeurs, étudiants et thésards en sciences politiques et philosophie du droit y voient un outil pédagogique pour l'analyse des institutions. Mais pour tout spectateur qui s'inté-

1. À qui l'on doit en particulier *Douze hommes en colère* (1953), la pièce de théâtre que Sidney Lumet adapta pour le cinéma en 1957.

resse aux rouages du pouvoir — c'est mon cas —, elle est passionnante et parfaitement intelligible. Aux États-Unis, où elle était programmée à une heure de grande écoute, elle rencontra succès critique et public. Les spectateurs américains doivent être plus intelligents que les spectateurs français, car France 2 la programma en première diffusion le vendredi soir après vingt-trois heures. Sa contemporaine *The Sopranos* (HBO, 1999-2007), l'une des séries les plus récompensées du XXIe siècle, fut elle aussi diffusée à la sauvette par France 2, dans une VF ridicule, à une heure avancée de la nuit.

La championne de la censure en France reste cependant TF1. Dans un article du 25 juillet 2002, *Le Nouvel Observateur* décrivait le travail d'Annie Paix, l'« Anastasie » de la chaîne privée ; celle-ci y déclarait sans rire : « Je ne dénature jamais l'œuvre, je ne taille pas, je gomme ce qui me semble vilain. » Les coupes effectuées dans les séries policières, en particulier celles de la franchise *New York District / Law & Order*, ne se comptent pas. La chaîne se justifie par la programmation de ces séries (dont le sujet est souvent délicat) dans l'après-midi... Elle se préoccupe plus de retailler les œuvres pour remplir les cases que de présenter au public des productions de qualité à des heures appropriées.

En 2004, sur mon site Internet, j'ai décrit en détail[1] la censure éhontée subie par *Hitler, La nais-*

1. Sur http://www.martinwinckler.com ; ces articles sont toujours en ligne.

sance du mal (*The Rise of Evil,* CBS, 2003). Ce remarquable téléfilm américano-canadien en deux parties relate la vie du dictateur nazi depuis sa naissance jusqu'à sa prise du pouvoir en 1933. Co-écrit et supervisé par des historiens américains de renom, il ne décrit que des faits avérés et, comme en témoigne une page dédiée sur le site de CBS (et toujours en ligne, sept ans plus tard), met en scène des personnages historiques. La même page offre en téléchargement un PDF pédagogique destiné aux enseignants et conçu par un organisme non lucratif d'éducation par les médias. Autant dire que la chaîne américaine avait pris toutes ses précautions pour garantir le sérieux du film lors de sa réception.

En France, sur les cent quatre-vingt-cinq minutes de *The Rise of Evil*, quarante-sept (autrement dit : le quart !) ont été coupées par TF1 avant diffusion. Ces coupures n'ont pas été faites au hasard : participation d'Hitler à la Première Guerre mondiale, discours antisémites, chansons antinazies produites dans un cabaret juif de Berlin, relations troubles du dictateur avec sa nièce adolescente. Tout cela, évidemment, sans en informer le public. Alertés par mon site Internet (j'y avais décrit les coupes quelques jours avant la diffusion par TF1), des journalistes interpellent la chaîne. Après avoir nié, TF1 reconnaît par la voix d'Étienne Mougeotte avoir « coupé les passages qui auraient pu sembler excuser Hitler sur son enfance difficile ou sur sa condition de soldat pendant la Première Guerre mondiale » et « enlevé une chanson d'un antisémitisme ignoble qui n'apportait rien[1] ». Or, jamais le film ne fait mine d'excuser Hitler, et la chanson antisémite est une chanson satirique *antinazie* produite dans un cabaret juif et chantée par une comédienne juive ! Figure emblématique de TF1, le journaliste Patrick Poivre d'Arvor justifie alors la censure en ces termes : « Sur des esprits... euh... faibles, [la vision de ce film] peut avoir encore aujourd'hui des conséquences. [...] Les spectateurs n'ont pas eu le droit de le voir ? Tant pis, ils s'en passeront[2]. » *The Rise of Evil* fut projeté dans son intégralité en Belgique, en Suisse, en Italie, en Espagne et en Allemagne. Le DVD est depuis toujours disponible en anglais, italien et allemand. Pendant plusieurs années, la seule version française fut la version doublée et coupée. La version française intégrale n'est disponible que depuis 2011. Même si les contrats d'exploitation autorisent les diffuseurs à couper ce qu'ils veulent, la singularité de TF1 à l'égard de ce film montre le mépris conjugé de la plus puissante des chaînes françaises pour les œuvres, le public et la réalité historique. Pour autant, ce n'est que la partie émergée de l'iceberg, et les chaînes publiques ne sont pas en reste.

France 2, elle aussi, ampute des plans, voire des séquences entières. En 2003, la chaîne publique coupe un épisode d'*Urgences* (« One Can Only Hope », s. 9, ép. 6), pourtant diffusé à 22 heures. La séquence censurée met en scène une adolescente de quatorze ans hospitalisée pour agression

1. *Le Parisien/Aujourd'hui*, mercredi 28 janvier 2004.
2. « + *Clair* » (Canal +, samedi 31 janvier 2004).

sexuelle. Un médecin prévient ses parents mais l'adolescente proteste. Sur France 2, la scène s'arrête là. Dans la version originale, l'adolescente dit avoir eu des rapports sexuels consentis et reproche au médecin d'avoir, en prévenant ses parents, violé le secret professionnel. Certes, la scène est rude, mais *Urgences* a pour vocation de souligner ce type de réalités. France 2, manifestement, n'en a cure.

Et on en revient toujours à la même question : qui décide de ce que le spectateur français est capable ou non de regarder ?

DES SÉRIES PROFESSIONNELLES EN FRANCE

Il y a quelques années, les avocats et magistrats se plaignaient que les prévenus prennent la justice française pour le système pénal américain. Ils lancent du « Votre honneur » au juge — en France on dit « Monsieur / Madame le juge / le président (du tribunal) ». Lorsque le procureur les accuse d'être d'affreux jojos, ils s'attendent à ce que leur avocat crie « Objection ! » — mais on n'objecte pas, dans un tribunal français, chacun parle à son tour. Ils voudraient donner leur version des faits — mais dans un tribunal français, procureur et avocat ne sollicitent pas le prévenu. Seuls les juges ont le droit de l'interroger — ou de le faire taire.

Faut-il s'étonner ? En vingt ans, les séries judiciaires françaises se comptent sur les doigts de la main : *Maître Da Costa* (France 2, 1995-1999), une demi-douzaine de téléfilms avec Roger Hanin ; *L'Avocate* (France 3, 1995-2000), neuf épisodes avec Corinne Dacla ; et plus notablement *Avocats et Associés* (France 2, 1998-2010). Avant cette dernière, il ne semble pas qu'on ait mis en scène la vie quotidienne des avocats de manière aussi crédible et documentée qu'elle le fit, en s'inspirant d'histoires vraies. Or, si les scénaristes américains ont bien une revendication, c'est celle de pouvoir représenter librement la réalité. Manifestement, la télévision française ne se soucie pas du réel.

En 2006, sur France 2, pendant trois mois, une série policière et judiciaire a exploré la société française à travers, tenez-vous bien, 115 épisodes ! Créée par le scénariste Michel Reynaud, *Préjudices* était construite comme (et ouvertement inspirée par) *New York District* : à la suite d'un fait divers, deux inspecteurs de police enquêtent et portent l'affaire devant un magistrat instructeur. Les épisodes étaient courts (22 minutes) et le plus souvent consacrés à des affaires quotidiennes, moins spectaculaires que celles des séries américaines. Mais c'est ce qui lui donnait tout son intérêt, car elle décrivait les situations et les procédures sans emphase ni dramatisation à outrance. Pour la première fois en France, on y voyait le quotidien d'une enquête et d'une instruction sous une forme documentée, très fidèle à la réalité. *Préjudices* n'était pas seulement la première série française décrivant la justice de manière extrêmement réaliste mais aussi la première à décrire la place de la police et de la justice dans la vie de madame et monsieur tout le monde.

Le destin de cette excellente série — que vous n'avez sans doute pas vue — illustre l'obscurantisme des responsables de la fiction du service public. Avec la moitié du budget par épisode de *Plus belle la vie* (le feuilleton quotidien de France 3), l'équipe de *Préjudices* avait tourné en un temps record 115 épisodes passionnants et attiré, dans une case horaire de fin d'après-midi, une audience supérieure aux rediffusions de *Friends* ! En toute bonne logique, les responsables de la chaîne auraient dû se dire : « S'ils sont capables de faire une bonne série en 115 épisodes de 22 minutes, ils devraient pouvoir, avec le même budget, produire une bonne série en 22 épisodes de 45 minutes. »

Mais semblable logique n'a pas cours à la télévision française.

Dans le public français, l'impact des séries médicales n'est pas moins important. À la fin des années quatre-vingt-dix, alors qu'*Urgences* était l'un des programmes les plus regardés de France, le médecin urgentiste et syndicaliste Patrick Pelloux reconnaissait sans honte son intérêt pour la série et sa valeur pédagogique. Dans un article paru en 2006[1], il expliquait ce qu'*Urgences* avait apporté à son combat pour des soins de qualité.

Aujourd'hui, *Dr House* et *Grey's Anatomy* font partie des séries préférées des spectateurs français. Pourtant aucune chaîne n'a été à ce jour capable de produire une série médicale originale

1. Patrick Pelloux, « *Urgences*, de la fiction à la réalité », *Les Tribunes de la santé*, n° 11, 2006, p. 91-92.

de qualité. Les deux seules séries de longue durée consacrées à des praticiens, *Docteur Sylvestre* (France 3, 1995-2001) puis *Fabien Cosma* (France 3, 2001-2007), sont plus que médiocres sur le plan narratif, et ineptes dans leur description de la médecine générale. Je suis doublement bien placé pour le dire : en 2000, quelques mois après la sortie du très beau film de Michel Deville tiré de mon roman *La Maladie de Sachs*, j'ai été invité à servir de conseiller technique aux scénaristes de *Fabien Cosma*, et à contribuer à l'écriture des scripts. Ma participation prit fin à l'issue d'une seule séance de travail ; toutes mes critiques, remarques, suggestions et propositions de scénarios avaient été refusées. L'idée d'écrire une série médicale réaliste déplaisait tout à fait aux scénaristes, alors même que les producteurs m'avaient contacté dans ce but…

D'autres fictions médicales plus récentes (*L'Hôpital*, TF1 ; *Le Cocon* et *Service médical d'urgence*, France 2), aussi médiocres, se contentent de lorgner vers des modèles américains. Cette médiocrité n'est pas une question de moyens. Les chaînes hertziennes ont de l'argent et n'hésitent pas à financer des fictions très coûteuses. À l'opposé, avec un petit budget, *Préjudices* était excellente, parce que ses scénaristes travaillaient d'arrache-pied. Mais c'est une exception, peut-être parce que, programmée en fin d'après-midi, elle a pu passer sous le radar. Dans les fictions du début de soirée, en revanche, pas question d'aborder des sujets controversés : comme en témoignent depuis de nombreuses années scénaristes et réalisateurs[1], les maisons de production brident les scénaristes pour plaire aux chaînes et les rares scénarios audacieux sont tués dans l'œuf par les responsables de fiction des diffuseurs.

DU PARTAGE COMME FORME DE RÉSISTANCE

Du plus loin qu'il m'en souvienne, j'ai toujours vécu dans un monde où l'on pratiquait le partage culturel. Réglementé ou non. J'ai emprunté des livres dans des bibliothèques. J'ai prêté mes livres personnels et échangé des microsillons. J'ai enregistré, donné, ou reçu de la musique et des émissions de radio sur cassettes, des films et des émissions sur VHS. La copie privée et le partage gratuit d'une œuvre n'ont rien de récent. Pendant longtemps, ils n'ont posé de problème à personne. Même si j'avais copié cent fois sur cassette un disque des Beatles, je n'avais rien à craindre de leur maison de production. Entre 1995 et 2005, Debbie White, une Américaine que je n'avais jamais rencontrée sinon par courriel, a enregistré chaque semaine en VHS les trois séries de la franchise *Law & Order* et me les a envoyées deux fois par an. Je lui remboursais cassettes et affranchissement, et lui envoyais en échange les livres et revues consacrés aux séries que je publiais.

Mais à mesure que la technologie de la reproduction évoluait, les pratiques de partage ont

1. Voir *La Gazette des Scénaristes*, n° 20 : « Séries télé, le mal français ».

changé. Au début des années 2000, en même temps que la publication de films et séries en DVD se répandait, il est devenu simple de comprimer des fichiers vidéo sur son ordinateur. Aujourd'hui, on peut enregistrer une émission de télévision sur un magnétoscope numérique, la graver sur DVD, la mettre en ligne sur YouTube ou encore la partager en téléchargement (ou, plus exactement, en *peer-to-peer*). La numérisation des données a permis d'étendre les pratiques de partage, en les affranchissant des contraintes matérielles : on peut désormais partager textes, sons et vidéos sans support physique.

Je ne vais pas débattre ici de la légalité du partage Internet des fichiers vidéo, mais décrire ce que le *peer-to-peer* a modifié dans la manière d'aborder les fictions télévisées.

Ce que les chaînes veulent, c'est attirer un maximum de spectateurs et vendre de l'espace à des annonceurs. La compétition étant rude, les productions sont de plus en plus audacieuses, sur toutes les chaînes. Pour le spectateur américain, le partage des fichiers permet d'avoir accès aux séries sans devoir choisir, par exemple, entre trois programmes diffusés le même soir à la même heure. De plus, les vidéos partagées en *peer-to-peer* affranchissent les spectateurs des clips publicitaires. En apparence, partage, échange et troc contrarient les intérêts commerciaux ; mais la multiplication des possibilités légales de regarder les séries hors de leur diffusion contredit cette idée. Les chaînes comptabilisent aujourd'hui dans les mesures d'audience le nombre de spectateurs qui stockent les séries sur leur magnétoscope numérique. L'apparition de modèles capables d'enregistrer simultanément plusieurs programmes, la mise en ligne d'épisodes en streaming sur le site de la chaîne pendant les jours qui suivent la diffusion à l'antenne et la vente à l'unité via des plates-formes comme iTunes sont la réponse de l'industrie à des pratiques qui ne peuvent pas être contrôlées, seulement canalisées. De fait, il devient de plus en plus fréquent de mettre en ligne gratuitement le premier épisode d'une série pour assurer sa promotion.

En Amérique, le *peer-to-peer* n'est pas seulement le meilleur moyen de ne rater aucun épisode, c'est aussi la seule chance de voir l'intégralité d'une série ancienne qui n'est pas (et ne sera peut-être jamais) disponible en DVD. Certes, on peut attendre qu'elle soit diffusée sur la chaîne locale de sa ville, mais c'est très hasardeux. En revanche, si un spectateur de Phoenix, Arizona, l'a enregistrée sur sa chaîne locale et la met en partage, les internautes de Seattle, Washington ou de Bloomington, Minnesota, pourront la regarder eux aussi.

En France, comme on l'a vu, beaucoup de séries ne sont visibles que plusieurs mois, voire plusieurs années après leur diffusion en Amérique, dans des conditions souvent incompatibles avec la qualité des œuvres. Entre 1997 et 2004, j'ai été chroniqueur de séries dans un hebdomadaire (*Télécâble Satellite Hebdo*). Je regardais les cassettes que les chaînes françaises m'envoyaient doublées ou sous-titrées par leurs soins, longtemps après leur diffusion originelle. Beaucoup de séries faisant écho à des faits de société, il m'était difficile de retrouver, rétrospectivement, de quoi il retournait. Si j'avais vu les épisodes lors de leur première diffusion, cela aurait été plus simple : dans les jours qui précèdent, la presse américaine annonce et explique clairement ce qu'il en est. Au début des années 2000, je lisais déjà la presse en ligne, mais pour voir l'épisode annoncé il me fallait attendre. Quand on apprécie les séries comme miroir de la société, ça complique le travail. À partir de 2005, le *peer-to-peer* m'a permis de voir ce que je voulais comme si je vivais en Amérique ; le lendemain de la diffusion d'un épisode, ou quelques jours plus tard, avec la notion précise du contexte culturel, politique, social ou artistique auquel il faisait allusion. Enfin, le *peer-to-peer* m'a permis et me permettra encore de voir dans leur intégralité des œuvres autrement inaccessibles.

Ainsi, *Hill Street Blues*, grande série des années quatre-vingt, *St. Elsewhere* et *Chicago Hope* — deux séries médicales majeures —, *Picket Fences*, épatante déconstruction des contradictions morales et religieuses de l'Amérique, et *Cold Case*, remarquable série historique, sont incomplètes ou indisponibles en DVD. Si les intégrales existaient, je les aurais achetées, pour la qualité des copies et les éventuels suppléments. En attendant, je suis reconnaissant aux autres spectateurs de les avoir enregistrées et partagées avec moi et bien d'autres.

En France, le partage des séries n'est pas, quoi qu'on en pense, réservé aux internautes parlant l'anglais. Des équipes entières de bénévoles passent des heures à fabriquer des sous-titres dans un nombre impressionnant de langues, y compris le français. Les fichiers de sous-titres sont, eux aussi, diffusés gratuitement par *peer-to-peer*. Je vois dans cette activité une forme de résistance aux obstacles dressés entre les spectateurs et les œuvres. J'explique plus loin ce que sont ces obstacles. Mais je dirai déjà que lorsqu'un spectateur français télécharge un épisode de *Dr House* et ses sous-titres en sachant que le même épisode est censuré en France, il ne me semble pas moralement plus répréhensible que les lecteurs qui, autrefois, introduisaient clandestinement derrière le rideau de fer des ouvrages occidentaux censurés ou expurgés par leur gouvernement. Stricto sensu, il n'y a pas de différence morale entre la censure exercée sur les séries par une chaîne française et celle d'un gouvernement autoritaire censurant des livres. Certes, la réglementation (et les contrats d'exploitation) permet aux diffuseurs de faire à peu près ce qu'ils veulent des œuvres. Mais comment reprocher à certains spectateurs de préférer des séries télé dans leur intégralité et en version originale plutôt que dans une mauvaise version française coupée ?

« *Comedies* » et « *Dramas* »

Ce sont les deux termes consacrés. Pour les professionnels américains de la télévision, toutes les fictions diffusées en soirée relèvent de l'une ou l'autre catégorie. Les épisodes de *dramas* durent en général une heure (publicité incluse) ; ceux des *comedies,* trente minutes. Le mot *dramedy* désigne les fictions hybrides, flirtant avec les deux genres. *Ally McBeal* (FOX, 1997-2002) et *Sex and the City* (HBO, 1998-2004) furent les premières associées à ce mot-valise que l'expression française « comédie dramatique », une fois n'est pas coutume, traduit parfaitement. Le mot sitcom, lui, est la contraction de *situation comedy,* fiction construite sur un personnage ou un groupe pris dans une situation riche en potentiel comique : un publicitaire marié à une sorcière (*Ma sorcière bien-aimée*), un groupe de jeunes adultes pas encore fixés (*Friends*), un quatuor de scientifiques, adolescents attardés, confronté à une voisine à la sexualité assumée (*The Big Bang Theory*).

Les *dramas* sont plutôt centrés sur un milieu professionnel, les *comedies* plutôt sur la famille, mais il existe des comédies en milieu professionnel (*The Office, Scrubs*) et des (mélo) drames familiaux (*Everwood, Brothers & Sisters*).

Les *teen dramas* sont focalisés sur les (et destinés aux) adolescents ou *teen-agers* ; il y a aussi des *crime dramas*, des *medical dramas*, des *sci-fi dramas,* et même des *musical dramedies* dont l'exemple le plus récent est la très populaire *Glee* (FOX, 2009-EP). Tout cela pour souligner que les limites entre les genres sont extensibles et s'interpénètrent volontiers, et que tout y est possible : l'hyperréalisme d'*Urgences* ; la folie débridée de *Community* (NBC, 2009-EP) qui conte les déboires d'un groupe d'adultes contraints de fréquenter le *community college* (université de quartier) de leur secteur ; le *road-trip* fantastique de deux frères chasseurs de monstres dans *Supernatural* (CW, 2005-EP) ; les hilarants conflits familiaux de *Tout le monde aime Raymond,* dont je reparle plus loin.

La présence simultanée d'un mélange des genres, d'humour et d'autodérision est presque toujours symptomatique d'une bonne série. Car ses auteurs ne craignent pas de prendre des risques — en introduisant du fantastique dans du réalisme, de l'humour dans la gravité, une forme inhabituelle dans une formule bien rodée — chaque fois que cela sert l'histoire. Leurs scénaristes savent en effet que, s'ils prennent plaisir à raconter, les spectateurs prendront plaisir à voir et à entendre.

DU SILENCE ET DES RIRES

En France, quand il est question de sitcoms, il est d'usage de se plaindre des rires enregistrés, perçus comme un artifice et une incitation à rire sur commande. En réalité, les comédies télévisées relèvent de deux modes de production. Les comédies « à une seule caméra » sont tournées dans les mêmes conditions que les *dramas*, en studio, dans des décors mobiles, réagencés en fonction des besoins, ou dans des décors temporaires ; chaque acteur est filmé à son tour, la scène reprise autant de fois que nécessaire pour chacun d'eux.

Pour les comédies à « caméras multiples », les tournages ont lieu dans des décors fixes (salle de séjour familiale ou appartement, bar préféré ou lieu de travail des personnages). Ces pièces grandeur nature auxquelles manque un mur sont alignées dans un studio face aux gradins sur lesquels s'installent les spectateurs le jour du tournage. Chaque scène est filmée simultanément par trois caméras, afin de saisir l'ensemble des interactions entre les comédiens pendant la scène. Parfois, les rires sont enregistrés — lorsqu'un personnage est nu, par exemple, ou lorsqu'un rebondissement surprise est gardé secret. Mais le plus souvent (et lorsque la comédie est vraiment drôle) les rires sont ceux du public présent, et il n'est pas difficile, lorsque c'est le cas, de constater que les comédiens marquent parfois une pause avant de reprendre, comme on le fait au théâtre pour que le public entende la suite du dialogue. L'authenticité des rires et des réactions du public est d'ailleurs palpable à l'apparition soudaine de comédiens connus, ou de personnages vêtus de costumes extravagants.

Lorsqu'on écoute les comédies en VF, les rires du public américain sont inévitablement décalés, puisque les voix sont doublées par des comédiens français. En VF, une sitcom sonne toujours faux.

ÉLOGE DE QUELQUES SITCOMS

Si certaines séries dramatiques ont désormais droit de cité (parfois jusqu'à l'écœurement) en soirée sur les chaînes françaises, les sitcoms en restent souvent absentes. Or, depuis toujours en Amérique, la sitcom sert de porte-voix aux revendications féministes (*I Love Lucy*, la toute première sitcom, met en scène une femme au foyer qui veut cesser de dépendre financièrement de son mari), à la satire sociale, à la critique des institutions, à la lutte antisexiste et antiraciste, aux conflits entre adultes et mineurs, majorité et minorités, etc. Et les questions qui y sont abordées ne sont pas du tout spécifiques de l'Amérique.

All in the Family (CBS, 1971-1979) mettait en scène Archie Bunker, « petit blanc » de droite, chauffeur de taxi raciste, machiste et homophobe, son épouse effacée mais non dénuée de bon sens ainsi que leur fille et leur gendre, étudiants de gauche, dans le même logement modeste. Un couple d'Afro-Américains plus aisés qu'eux, les Jefferson, vivent dans l'appartement voisin. *All in the Family* décrit avec drôlerie, semaine après semaine, les conflits quotidiens nés de l'obscurantisme d'Archie, les décortique et les résout de manière sensée et tolérante. Cette sitcom totalement inédite en France (faut-il s'en étonner ?) fut immensément populaire aux États-Unis et a contribué activement à dénoncer nombre de préjugés interethniques. L'un des épisodes les plus fameux, « Sammy's Visit » (s. 2, ép. 21), décrit en 1972 la rencontre entre Archie et le comédien et chanteur noir Sammy Davis Jr., icône de la lutte contre l'intolérance. Client occasionnel du taxi d'Archie, Sammy y a laissé une serviette contenant des documents. Il débarque le soir chez les Bunker pour la récupérer. Leur confrontation, hilarante, met en lumière le racisme d'Archie sans jamais, pour autant, écraser le personnage ou l'humilier. L'épisode est considéré en Amérique comme l'un des meilleurs moments de télévision du XXe siècle.

La sitcom est un genre immense ; il n'est pas possible d'en faire le tour dans un ouvrage de cette taille[1], mais j'aimerais parler brièvement de quelques œuvres qui m'ont particulièrement réjoui — et que, contrairement à *All in the Family*, j'ai vues dans leur intégralité. Faire rire, c'est difficile, et les comédies appréciées par un grand nombre de spectateurs sont rares, car les raisons de rire (et les méthodes pour faire rire) sont différentes pour chacune et chacun. Les comédies

1. J'avais annoncé, dans *Les Miroirs de la vie* (Le Passage, 2002), un livre entier consacré au genre mais je n'ai pas eu l'occasion de l'écrire...

que je décris ici ont eu un grand succès aux États-Unis mais sont peu connues en France.

Frasier (NBC, 1993-2004)

De 1982 à 1993, la comédie *Cheers* fut une institution de la télévision américaine. Pendant presque toute sa diffusion, elle fit partie des dix émissions les plus regardées d'Amérique. Son décor principal était un bar de Boston (Massachussetts) ; ses personnages principaux le propriétaire du bar, ses employés et une poignée d'habitués. Parmi les clients figurait Frasier Crane, un psychiatre dépressif sur le point de divorcer. Lorsque *Cheers* s'arrête, trois de ses scénaristes décident de créer une nouvelle série autour de ce personnage très apprécié par les spectateurs. Ils le renvoient à Seattle, sa ville d'origine, où il partage un appartement avec son père Martin, ancien officier de police, et Daphne, physiothérapeute de ce dernier. Frasier renoue avec son frère Niles, psychiatre comme lui, et anime une émission de radio quotidienne de conseils aux auditeurs.

Frasier est un modèle de sitcom par son mélange des genres : c'est tout à la fois une comédie familiale, centrée sur le snobisme éhonté de Frasier et Niles face au bon sens terre à terre de leur père ; une comédie professionnelle par les relations compliquées entre Frasier, sa productrice Roz et le personnel de la station de radio ; et une comédie romantique car Niles, mal marié à une épouse anorexique et abusive que l'on ne verra jamais, est désespérément amoureux de Daphne, qui n'en a nullement conscience. Cette idylle, extrêmement compliquée, est racontée par petites touches, très, très lentement : entre leur première rencontre et le moment où ils se déclarent l'un à l'autre, il s'écoule... 167 épisodes ! Comme pour toutes les bonnes séries, le plaisir que nous offre *Frasier* naît des scénarios construits comme des horloges de précision et du jeu de comédiens très à l'aise tant dans les échanges verbaux que dans la pantomime, et prêts à endosser toutes les excentricités de leurs personnages. Dans *Frasier*, les dialogues fusent dans l'esprit d'une comédie de Sacha Guitry. Parfois, les deux frères, plutôt coincés, sont pris d'une frénésie réjouissante. Je pense en particulier à un extraordinaire duel au fleuret entre Niles et le professeur d'escrime de son épouse, à la fin de la 2e saison. Ou encore à un épisode au cours duquel Frasier, Daphne, Niles (toujours éperdument épris de Daphne), une amie mannequin de celle-ci (sur laquelle Frasier a des vues) et un moniteur de ski gay (qui a, lui, des vues sur Niles) passent le week-end dans un chalet à la montagne : le décor dans lequel s'ouvrent les portes des cinq chambres donne lieu à des chassés-croisés dignes d'une pièce de Feydeau. *Frasier* n'est pas seulement extrêmement drôle, c'est une comédie intelligente et brillante, et il n'est guère étonnant qu'elle ait été l'un des joyaux de la programmation de NBC pendant onze années — aussi longtemps que *Cheers*.

Dharma & Greg (ABC, 1997-2002)

Après s'être croisés, enfants, très brièvement dans le métro de San Francisco, Greg Montgomery et

Dharma Finkelstein s'y croisent de nouveau, vingt ans plus tard. Ils tombent amoureux instantanément, s'envolent pour Las Vegas et s'y marient sur-le-champ. Leur entente est parfaite, mais Dharma est la fille de hippies indécrottables et fauchés, Greg le fils d'un richissime couple bon chic bon genre. Pendant cinq saisons, au fil des aléas de la vie, la série se nourrit de la folie new age de Dharma, des phobies vieille école de Greg et de la confrontation entre les deux milieux. Cocréée par Chuck Lorre, producteur-scénariste de comédies à succès (*Mon oncle Charlie, The Big Bang Theory* et *Mike & Molly* sont diffusées actuellement sur CBS, le premier *network* américain), *Dharma & Greg* est l'une des comédies les plus drôles qui soient, bourrée de personnages épatants (les parents respectifs, en particulier, sont inénarrables), d'attaques cinglantes contre les deux mondes opposés dont Dharma et Greg sont issus, de notes très justes sur la difficulté de vivre en harmonie avec ses valeurs dans un pays aussi complexe que l'Amérique, fût-ce dans une ville aussi libertaire que San Francisco. Son humour n'est jamais méprisant, sa joie de vivre (en grande partie liée à la liberté sexuelle et affective du couple-titre) formidablement communicative. Seule la première saison existe en DVD, et c'est un crime.

Tout le monde aime Raymond (*Everybody Loves Raymond,* CBS, 1996-2005)

Raymond Barone, journaliste sportif, sa femme Debra et leurs trois enfants vivent dans un pavillon familial quelque part dans le New Jersey. Tout irait pour le mieux dans le meilleur des mondes si la famille de Ray — Frank, le père misanthrope et machiste, Robert, le frère immense et complexé, et Marie, la mère manipulatrice — ne vivait pas… de l'autre côté de la rue et n'interférait pas sans cesse dans la vie du couple.

Tout le monde aime Raymond est un pur chef-d'œuvre, et je pèse mes mots. À partir de prémices autobiographiques (une famille hyperprésente), les deux co-créateurs, le scénariste Phil Rosenthal et le *stand-up comic* de renom Ray Romano (également interprète du rôle-titre), ont décliné, au fil des neuf années de production, toutes les sources de chicanes dans un couple, entre une bru et sa belle-famille, et surtout entre une redoutable manipulatrice (Marie, la belle-mère, génialement interprétée par Doris Roberts) et les quatre personnes qui tentent vaillamment de lui tenir tête. La famille Barone est typiquement américaine, et la drôlerie des situations ne découle pas de son originalité mais des heurts parfaitement réalistes qui surviennent entre les cinq personnages principaux : conflits de pouvoir, interrogations soulevées par le comportement d'un enfant, rivalité entre frères, coalition des hommes contre la dictature domestique des femmes, représailles des femmes contre l'immaturité des hommes, etc. Dans le coffret DVD de la huitième saison figure l'enregistrement public d'une passionnante table ronde (au Musée de la radio et de la télévision de Los Angeles) avec Rosenthal, Romano et leurs collègues scénaristes. On y apprend que tous les membres de l'équipe d'écriture arrivaient au bureau le lundi matin tout excités de raconter les anecdotes familiales vécues ou subies pendant le week-end et de puiser à cette source l'inspiration des scénarios. De fait, chaque épisode de *ELR* examine la vie familiale avec une acuité quasi entomologique, tout en faisant évoluer les personnages au fil des années, au gré de la croissance des enfants de Ray et Debra, du départ de Robert de la maison parentale puis de son mariage, ou d'un voyage en Italie à la recherche des racines familiales du clan Barone. Le tout sans jamais s'essouffler et en surprenant constamment. Qu'il s'agisse de la première ou de la dixième vision de n'importe quel épisode, on en sort plié de rire et enthousiasmé par la finesse de la description. Sans doute parce que le sujet en est inépuisable, et universel.

Scrubs (NBC, 2001-2009 ; ABC, 2009-2010)

Située dans un hôpital de seconde catégorie de Los Angeles, *Scrubs* conte la formation de trois étudiants en médecine. J.D. Dorian (narrateur de la série), son camarade de fac Chris Turk et leur collègue féminine Elliot Reid apprennent à soigner sous la supervision parfois bienveillante, parfois perverse, de deux aînés, les docteurs Cox et Kelso, et celle, pleine de bon sens, d'une infirmière chevronnée, Carla Espinosa. Pour des raisons qui lui seront à jamais incompréhensibles, J.D. doit de plus faire face à la menace permanente que représente le *Janitor,* homme à tout faire du service, qui a fait de lui son souffre-douleur. Créée par Bill Lawrence, scénariste de l'excellente *Spin City* (ABC, 1996-2002), *Scrubs* est fortement nourrie par les souvenirs du docteur Jonathan Doris, ami du créateur-scénariste. Contée au présent sur un ton autobiographique (tous les épisodes sont commentés en voix off par J.D. qui, dans le premier épisode, précise qu'il tient son journal), elle relate fidèlement les difficultés de l'apprentissage, tout en donnant la parole à l'imaginaire des personnages via des gags visuels débridés. Consciente du bagage des spectateurs, elle fait allusion à *Urgences, Grey's Anatomy* et *Dr House,* et fait apparaître des comédiens de *St. Elsewhere,* la grande série médicale des années quatre-vingt. Les morceaux de bravoure telle, au cours de la première saison, l'hilarante parodie de *West Side Story* illustrant les conflits entre médecins et chirurgiens, frappent toujours là où ça fait le plus rire, tandis que les leçons de vie fournies par les personnages de patients sonnent toujours juste. Et *Scrubs* ne cesse de s'auto-parodier (avec un épisode dans le style des sitcoms en public) et de pratiquer des citations riches de sens (un épisode-hommage au *Magicien d'Oz*). Elle fait aussi constamment référence — ce qui est plus difficile à déceler pour un public francophone — à *The House of God* de Samuel Shem (1978). Ce prodigieux roman, de la veine satirique du *M*A*S*H* de Richard Hooker et du *Catch-22* de Joseph Heller, est depuis trente-cinq ans le livre-culte des étudiants en médecine nord-américains. Souvent grave malgré son humour débridé, *Scrubs* est une description extrêmement fine de la manière dont on apprend la médecine au XXIe siècle, avec et contre les aînés, les camarades, la famille, les patients et soi-même. Comment s'étonner qu'une majorité des jeunes médecins américains d'aujourd'hui disent l'avoir regardée avec délectation juste avant de commencer leurs études ?

ÉTHIQUE DE LA FICTION

Pourquoi aimons-nous les histoires ? Comment expliquer leur effet sur nous ? La réponse qu'avancent les psychologues et critiques littéraires darwiniens (ou « évolutionnistes ») est celle-ci : comme la station debout et la parole, la capacité d'inventer et de raconter des histoires est un acquis évolutif qui a permis la survie des êtres humains et le développement de leurs cultures. De fait, le goût pour les histoires est commun à tous les peuples, et toutes les traditions sont fondées sur des récits originels (d'un peuple ou d'une personne), des récits d'apprentissage, des leçons de morale ou de vie. Chaque histoire que nous entendons est une expérience virtuelle qui nous prépare au monde. Il n'est pas possible de savoir ce que sont la maladie d'un proche, une séparation, un chagrin d'amour, un conflit familial ou professionnel quand on ne l'a pas vécu. Mais on peut s'y préparer en écoutant les autres nous raconter leurs expériences, en lisant des romans, en allant au cinéma. La fiction a la double vertu de nous présenter des expériences que nous n'avons pas vécues, et de nous éclairer sur celles que nous connaissons. Elle nous avertit, nous informe, nous éduque. Parfois, même, elle nous réconforte. Il peut être traumatisant de revivre sur un écran une scène évoquant une situation désagréable de notre passé, mais il est souvent apaisant d'entendre nommer des sentiments qu'il nous est difficile d'exprimer. C'est du moins ce que disent les lecteurs ou les spectateurs qui se sont reconnus dans les œuvres : « Ça m'a fait du bien de savoir que je n'étais pas seul à ressentir cela. »

Si l'on s'accorde à dire que, dans une histoire, la part de sens compte autant que l'anecdote ou la manière de raconter, alors on peut penser que les histoires les plus détaillées, les plus en accord avec notre vie, sont celles qui ont le plus à nous apporter.

J'avancerai, par analogie, que les séries ont la même fonction de préparation et de réparation que les films et les romans, mais plus proche de notre manière de vivre : par la durée et le rythme, en décrivant des vies tout en ayant le loisir de retourner sur les événements passés comme nous le faisons nous-même, chaque jour, en pensée ou en paroles. Au lieu de procéder par brèves explosions d'émotions, comme les films, ou lente déambulation dans les mots, comme les romans, les séries procèdent par bouffées régulières, intermittentes et répétées ; nous avons le temps, entre deux épisodes, de réfléchir à ce qui s'est dit et de nous préparer à ce qui va se dire.

Dans cette perspective, les séries dramatiques m'apparaissent comme l'équivalent des « expériences de pensée » des philosophes qui, pour examiner les dilemmes moraux, inventent des situations fictives assorties de choix déchirants.

« Vous tenez la manette d'un aiguillage. Un train menace de tuer une équipe de cheminots travaillant sur la voie. Si vous actionnez l'aiguillage, il obliquera sur une autre voie sur laquelle travaille un seul homme. Vous ne pouvez prévenir personne. Que faites-vous ? »

Les fictions abordent toujours, explicitement ou non, des questions morales, car la morale fait partie de la vie. Les meilleures abordent ces questions de front en faisant d'elles leur sujet central.

ÉLOGE DE QUELQUES *DRAMAS*

Les conflits entre loi et loyauté, morale et religion, liberté et responsabilité individuelle, individu et collectivité sont sans cesse présents dans l'excellente *Picket Fences* (*Un drôle de shérif / La ville du grand secret,* CBS, 1992-1996). Créée par David E. Kelley, avocat de Boston devenu scénariste de télévision, cette série étonnante a pour personnages principaux les membres d'une famille de Rome, Wisconsin, petite ville imaginaire du centre des États-Unis. Le père est shérif, la mère médecin ; leurs amis proches sont un juge impartial, un avocat qui prend la défense de tous les accusés ; ils ont chaque jour affaire aux maires successifs de la ville, aux ministres de trois cultes, au médecin légiste et à quelques autres personnages au métier signifiant... Le ton oscille entre la comédie et le drame, comme c'est toujours le cas dans les séries du même auteur — *Chicago Hope,*

Ally McBeal, The Practice, Boston Legal (*Boston Justice,* ABC, 2004-2008) et *Boston Public* (FOX, 2000-2004). À Rome, microcosme d'une société, David E. Kelley aborde toutes les interrogations morales de l'Amérique à la fin du XXe siècle, par le biais de situations réalistes (le dentiste de la ville est séropositif mais le cache ; est-il condamnable ?), d'événements bizarres (une jeune accidentée de la route est vierge et enceinte ; l'enfant à naître est-il la réincarnation du Christ ?), d'incidents dramatiques (un lycéen tire sur l'un de ses camarades ; l'influence de la télévision est-elle en cause ?). Face à ces événements, tout le monde se retrouve au tribunal, pour en débattre.

Picket Fences (terme désignant les barrières blanches autour des maisons dans l'Amérique rurale) examine, avant tout, les valeurs morales d'un pays. Les thèmes abordés sont sulfureux : avortement, euthanasie, homophobie, transsexualité, racisme, polygamie, sexualité des adolescents, cryogénie, fétichisme, mères porteuses, influence de la télévision, sans oublier l'éthique médicale, le tout de manière très rouée. Car Kelley sait ficeler son propos en jonglant avec les opinions affirmées des personnages. La conclusion d'un épisode ne satisfait jamais tout le monde mais laisse le spectateur tirer ses propres enseignements. *Picket Fences* est un exemple frappant de l'engagement éthique et politique d'une série. Le public français aurait pu l'apprécier dès 1995, si TF1 ne l'avait pas diffusée dans le désordre le plus complet, alors qu'il s'agit d'une fiction à suivre.

On peut raconter des histoires situées dans une ville imaginaire. On peut aussi prendre la position inverse et ancrer ses récits dans une ville réelle. La grande majorité des séries sont tournées à Los Angeles ou en Californie ; d'autres sont situées dans des lieux différents : Chicago (*Urgences, The Good Wife*), le Kentucky (*Justified*), la Floride (*Les Experts, Miami*), New York City (*New York District* et ses dérivées, *New York Police Blues, Les Experts : Manhattan*). Le choix du cadre n'est pas purement esthétique. *New York District* nous parle du monde urbain. Et si *True Blood* se déroule dans le bayou de Louisiane, c'est parce que ce cadre est approprié aux conflits qu'elle décrit. L'histoire des lieux nourrit les histoires qu'on y installe.

C'est particulièrement vrai en ce qui concerne la magnifique *Cold Case* (CBS, 2003-2010). L'argument est simple, mais efficace : sur la base d'éléments nouveaux (un témoignage tardif, des documents retrouvés, la mise au jour d'un cadavre enfoui), une *detective* de Philadelphie, Lilly Rush, rouvre le dossier non classé d'un crime parfois très ancien. En réinterrogeant les témoins avec ses collègues, elle reconstitue les événements et élucide le crime. Après une demi-douzaine d'épisodes intéressants mais encore maladroits, la série aborde l'assassinat d'un jeune joueur de base-ball en 1963 dans une allée sombre de la ville. Avec cette histoire, dont les séquences sont tournées en noir et blanc, *Cold Case* se métamorphose en chronique historique. Toutes les affaires sont précisément datées. D'abord par la musique : chaque épisode est accompagné de chansons de l'année du crime, et les amateurs de la série pouvaient s'amuser à la deviner pendant les premières secondes, avant que la date n'apparaisse. Certains épisodes reprennent des œuvres d'un artiste ou d'un groupe : Ray Charles, John Lennon, Johnny Cash, Pearl Jam, Pink Floyd, The Doors ; deux d'entre eux, les chansons d'un film (*The Rocky Horror Picture Show* et *Cabaret*) ; l'ultime épisode, des chansons des Rolling Stones, dont une inédite. Les histoires, elles, sont toujours mises en parallèle avec un fait historique (le maccarthysme, l'assassinat de JFK, la mission Apollo 11, l'élection de Barack Obama...) ; elles évoquent des icônes culturelles (le suffrage des femmes en 1919, *La Guerre des mondes* radiophonique d'Orson Welles en 1938, les photographes de pin-up, la fièvre du disco, les fans du *Rocky Horror Picture Show...*). Elles évoquent des transformations sociales (l'émancipation des femmes entre 1942 et 1944 ; les mouvements pour les droits civiques des années soixante ; la lutte pour la dépénalisation de l'avortement ; la réinsertion des vétérans du Vietnam, d'Afghanistan, d'Irak). Enfin, les épisodes sont visuellement saisissants par les séquences rétrospectives dont l'éclairage, la couleur, le grain, le cadrage évoquent le cinéma ou la télévision de l'époque ; par le choix extrêmement soigné des duos de comédiens qui interprètent un personnage, témoin ou assassin, au passé et au présent. *Cold Case* est à la fois typiquement américaine par son argument et sa forme, et absolument universelle par ses thèmes : la condition féminine (des femmes, y compris la créatrice, étaient les principales scénaristes) ; l'intolérance (les histoires sur fond de racisme, d'homophobie, d'immigration ou d'exclusion sont très nombreuses) ; la difficulté de vivre ou de survivre (l'immense majorité des victimes sont de condition modeste). Elle raconte la fin de personnages qui ont défié les conventions sociales et dont la mort sacrificielle a servi l'avancement d'un progrès social.

Pour autant, *Cold Case* fut une série discrète : soutenue pendant sept ans par un public fidèle, elle ne fit pas beaucoup parler d'elle dans les médias américains. C'est peut-être une série perdue. Il n'existe pas d'édition DVD, peut-être en raison de la difficulté de négocier les droits musicaux. À la télévision française, elle était encore programmée début 2012 sur France 2, mais une fois la septième saison diffusée, qu'en adviendra-t-il ? Elle mériterait une rediffusion intégrale, en VOST.

Le 16 février 2009, à Montréal, j'ai vu un épisode très impressionnant et très courageux de *Law & Order : Special Victims Unit* (*L & O : SVU* — en France : *New York, Unité spéciale*) intitulé « Transitions » (s. 10, ép. 14). C'était la première diffusion de cet épisode en Amérique du Nord. Il met en scène une adolescente transsexuelle et un groupe d'activistes trans. C'est un très bel épisode. Le contexte (l'agression du père de la jeune fille) est dramatique mais la série affiche explicitement que le changement de sexe est une démarche respectable, et j'ai été impressionné de voir des scénaristes s'engager aussi clairement en soutien de personnes souvent méprisées, dénigrées ou maltraitées. Cette série est très populaire (en 2009, c'était la série la plus regardée de NBC), cette diffusion n'avait donc rien d'anodin.

L'épisode s'inscrit dans une veine d'histoires « socio-médicales » que la même série aborde depuis longtemps, s'affranchissant ainsi des crimes sexuels auxquels elle semblait vouée à ses débuts. Deux autres épisodes me viennent en mémoire. Le premier, « Stolen » (s. 3, ép. 3), commence par un rapt de bébé et bifurque sans prévenir (comme c'est souvent le cas dans les séries *Law & Order)* vers une histoire poignante : celle d'un garçon subtilisé à la naissance, adopté légalement par une famille tout à fait honnête et aimante, et que son père biologique et ses grands-parents maternels veulent récupérer à l'âge de douze ans. Les scénaristes s'y demandent si les droits des parents biologiques l'emportent sur le bien-être de ce garçon, parfaitement heureux avec ses parents adoptifs.

Dans l'autre épisode, « Competence » (s. 3, ép. 22), une femme âgée vient porter plainte pour viol : sa fille trisomique est enceinte et dit n'avoir jamais eu de relations sexuelles consenties. Le premier suspect est un jeune homme, trisomique lui aussi, amoureux de la victime. Or, contrairement à son amie, il a reçu une éducation sexuelle et nie farouchement avoir eu des relations avec elle. La découverte du coupable, ici, passe au second plan car le sujet de l'épisode est plus délicat : la mère de la victime veut qu'elle avorte. Or, la jeune femme veut garder le bébé. Un juge est saisi pour décider si elle possède la « compétence » nécessaire pour élever un enfant. C'est, une nouvelle fois, une histoire bouleversante par sa justesse, d'autant que la jeune mère, interprétée par une actrice elle aussi trisomique, est présente à l'écran pendant une grande partie de l'épisode. *L & O : SVU* soulève souvent des questions délicates, prend toujours position pour les victimes — qui sont parfois aussi des « criminels » aux yeux de la loi — et met en scène avec courage nombre de personnages « borderline ». Je pense en particulier à « Uncle » (s. 8, ép. 4), stupéfiant épisode dans lequel Jerry Lewis incarne l'oncle du *detective* John Munch. (Ce n'était pas le premier rôle dramatique de Jerry Lewis : en 1987, il avait magistralement interprété, pendant cinq épisodes de *Wiseguy / Un flic dans la mafia*, le rôle d'un grossiste de vêtements new-yorkais opposé à un gangster interprété par Stanley Tucci.) Andrew Munch, vieillard maniaco-dépressif vivant dans la rue après avoir cessé de prendre son traitement, est soupçonné d'avoir assassiné une mère et sa fille. Lewis, alors âgé de quatre-vingts ans, est proprement extraordinaire quand il dépeint le lent réveil de la dépression et le passage en phase maniaque de son personnage. Tout l'épisode est bouleversant et se conclut par un choix moral impressionnant.

La veine médicale de *L & O : SVU* n'est guère étonnante. Entre 2000 et 2011, son *showrunner* était en effet Neal Baer, médecin formé à l'écriture de scénarios sur *Urgences*. Dans une interview donnée à *TV Guide* au sujet de « Transitions », Baer souligne qu'il se posait la question suivante : « Est-ce qu'un(e) adolescent(e) sait ce qu'il fait quand il décide de changer de sexe ? » Personnellement, quand on regarde l'épisode, je trouve que la jeune transsexuelle n'est jamais présentée comme irresponsable ou incertaine de sa démarche ; ses parents, le psychologue qui l'interroge et les personnages principaux la soutiennent. Le message est clair, « pro-transition ». C'est d'autant plus notable que le sujet n'est pas consensuel aux États-Unis. Il est encore plus sulfureux en France, où les « trans » sont non seulement traités comme des sous-citoyens, mais aussi honteusement psychiatrisés et maltraités par médecins et chirurgiens. Je serais curieux de savoir si cet épisode a été programmé par TF1 et comment les dialogues en ont été traduits.

UNE MAGNIFIQUE SÉRIE QUÉBÉCOISE À LA TÉLÉVISION FRANÇAISE

Montréal, 2005. Fanny, qui possède déjà plusieurs boîtes de nuit, rachète Le Manhattan à son propriétaire vieillissant. Elle veut en rajeunir le style et son personnel et décide de licencier les trois *doormen* (portiers), qu'elle trouve trop vieux (les deux premiers ont plus de quarante ans, le troisième plus de soixante), incultes et violents. Mais Marc, Louis et Gaétan ne connaissent que leur boulot de *doormen* et ce licenciement les désespère. Pendant la première saison, ils vont persuader Fanny de les reprendre… et s'adapter à une nouvelle vie et à leur nouvelle patronne.

Minuit, le soir (Radio-Canada, 2005-2007) est une série comme vous n'en avez jamais vu. Si vous imaginez que la vie de trois « videurs » est dénuée d'intérêt, vous avez tort. Car il s'agit là d'une série passionnante, en tout point, une série urbaine qui parle de la vie nocturne, de la solitude et de la fraternité de trois hommes — et d'un certain nombre de femmes, aussi — dans le Montréal d'aujourd'hui. Tout est beau dans cette fiction de Pierre-Yves Bernard et Claude Legault (comédien-scénariste très connu au Québec et qui prête ses traits à l'un des personnages). Le scénario, d'abord, qui mêle avec maestria des dialogues fabuleusement drôles, des émotions palpables et une narration à petites touches — il se passe peu de chose au cours d'un épisode, mais ce peu de chose est d'une densité incroyable — qui donne toujours envie de savoir la suite.

Ainsi, Marc, ancien militaire, ne passe qu'une nuit avec les femmes qu'il a séduites car il les fait fuir, quand il a envie de dormir, au moyen d'un truc à pleurer de rire… qui finira par se retourner contre lui. Sa solitude auto-infligée, il la meuble en adoptant des chats et des chiens errants qu'il baptise en choisissant leur nom au hasard dans le dictionnaire… et perd les uns après les autres, dans les circonstances les plus insensées. Lorsque Fanny reprend la direction de la boîte de nuit, il tombe amoureux d'elle sans bien sûr pouvoir le lui dire. D'emblée on sait que leur relation, plus que compliquée, sera le fil conducteur de toute l'histoire.

La mise en scène de PodZ (de son vrai nom Daniel Grou) est exceptionnelle, elle aussi : prise de vue et montage sont extrêmement inventifs, usant du flou, du grain, du gros plan, de fondus, de faux raccords et de mouvements de caméras provocants, alternant le noir et blanc et la couleur sans qu'on parvienne à saisir les passages de l'un à l'autre. La narration visuelle est toujours surprenante, car elle mêle sans transition — mais de manière toujours intelligible — le présent, le passé lointain des personnages et leur imaginaire. *Minuit, le soir,* et ce n'est pas sa moindre qualité, est à la fois réaliste par les situations décrites et complètement onirique par le traitement visuel des sentiments éprouvés. Des scènes hilarantes (un « duel » symbolique, à des kilomètres de distance, entre deux hommes qui enfoncent chacun un clou à coups de marteau) alternent avec des scènes tragiques (la mort par overdose d'un client dans les toilettes d'une des boîtes) et des moments d'une grande noirceur (Marc se souvenant de ses parents violents devant la douceur des parents du jeune homme décédé).

L'imaginaire né de la frustration et de l'incapacité à communiquer est un des sujets centraux de *Minuit, le soir,* comme en témoigne une scène saisissante de la fin de la première saison. Au cours d'une petite fête qu'elle a organisée, Fanny demande à Marc de tenir le saladier de punch pour qu'elle y rajoute du rhum. Tandis qu'elle se met à verser, Marc laisse le saladier suspendu dans les airs et, tandis que le rhum s'écoule sans fin, se met à tourner très, très lentement autour de Fanny, en effleurant de ses doigts le corps de la jeune femme... Le spectateur revient à la réalité en même temps que Fanny, troublée, sort de ce fantasme sans qu'on sache s'il est le sien ou celui de Marc. Une scène belle à pleurer parmi beaucoup d'autres.

Minuit, le soir montre avec éclat que deux scénaristes, un seul réalisateur, une demi-douzaine de comédiens permanents, un nombre limité de décors et, bien sûr, un personnel technique probablement bien inférieur à celui d'une production de France 2 ou TF1 peuvent, en trois saisons et une quarantaine d'épisodes de 25 minutes, produire un feuilleton intense, tendre, constamment intelligent et passionnant.

Bref : une magnifique série, *en langue française.* Mais vous ne l'avez sans doute pas vue.

Après un passage sur le câble en 2007, elle a été diffusée par France 2 en 2009, de nuit, dans une version doublée.

Soixante-dix-sept séries à savourer

Comment conclure un livre consacré à un genre aussi vaste ? Certaines séries n'ont pas de fin ; mon petit éloge s'arrêtera ici. Et puis, j'ai assez pontifié. L'heure est venue pour les lecteurs de juger par eux-mêmes.

Les séries proposées ci-dessous existent en DVD ; j'aurais pu en énumérer trente de plus, mais certains de mes choix (*Cold Case, Cop Rock, Chicago Hope*...) sont indisponibles. Beaucoup ont été mentionnées dans ce livre. Pour les autres, l'encyclopédie Wikipédia est la meilleure source d'information (les pages en anglais sont les plus complètes). Attention, certaines éditions ne sont disponibles qu'aux États-Unis (zone 1) et ne comportent ni sous-titres, ni VF. En France, il faut disposer d'un lecteur multizones (ou dézonable).

Lorsqu'une œuvre n'a pas été éditée intégralement, le nombre de saisons disponibles est indiqué entre parenthèses, en gras.

Pour l'édition de DVD zone 1, le site de référence est : www.tvshowsondvd.com.

Pour la zone 2, le site français le plus détaillé est probablement : www.dvdseries.net.

Les spectateurs à la recherche de guides d'épisodes (en anglais) se doivent de connaître le site www.epguides.com, qui recense et résume toutes les séries anglophones des États-Unis, du Canada, de Grande-Bretagne et d'Australie.

CLASSIQUES

Alfred Hitchcock Presents (CBS, 1955-1962)
Columbo (NBC, 1968-1978 ; ABC, 1989-2003)
Danger Man / Destination Danger (G.-B., ITV, 1960-1968)
Mission : Impossible (CBS, 1966-1973)
The Avengers / Chapeau melon et bottes de cuir (G.-B., ITV, 1961-1969)
The Man From U.N.C.L.E. / Agents très spéciaux (NBC, 1964-1968)
The Prisoner / Le Prisonnier (G.-B., ITV, 1967)
The Twilight Zone / La Quatrième Dimension (CBS, 1959-1964)
The Wild, Wild West / Les Mystères de l'Ouest (CBS, 1965-1969)
Zorro (ABC, 1957-1961)

COMÉDIES

Arrested Development (FOX, 2003-2006)
Dharma & Greg (ABC, 1997-2002) **(1)**
Dream On ! (HBO, 1990-1996) **(1)**

Everybody Loves Raymond / Tout le monde aime Raymond (CBS, 1996-2005)
Father Ted (G.-B., Channel 4, 1995-1998)
Frasier (NBC, 1993-2004)
How I Met Your Mother (CBS, 2005-EP)
Just Shoot Me / Voilà ! (NBC, 1997-2003) **(3)**
*M*A*S*H* (CBS, 1972-1983)
Scrubs (NBC, 2001-2009 ; ABC, 2009-2010)
Spin City (ABC, 1996-2002)
The Big Bang Theory (CBS, 2007-EP)

COMÉDIES DRAMATIQUES

American Dreams (NBC, 2002-2005) **(1)**
Gilmore Girls (WB, 2000-2007)
Men of a Certain Age (TNT, 2009-2011) **(1)**
Minuit, le soir (Radio Canada, 2005-2007)
My So-Called Life / Angela, 15 ans (ABC, 1994-1995)
Northern Exposure / Bienvenue en Alaska (CBS, 1990-1995)
Once and Again / Deuxième Chance (ABC, 1999-2002) **(2)**
Picket Fences / Un drôle de shérif (CBS, 1992-1996) **(1)**
Pushing Daisies (ABC, 2007-2009)
Sports Night (ABC, 1998-2000)
Six Feet Under / Six pieds sous terre (HBO, 2001-2005)
Thirtysomething / Nos meilleures années (ABC, 1987-1991)

SÉRIES D'AVOCATS

Ally McBeal (FOX, 1997-2002)
Boston Legal / Boston Justice (ABC, 2004-2008)
Law & Order / New York District (NBC, 1990-2010)
Law & Order : Special Victims Unit / New York, Unité Spéciale (NBC, 2000-EP)
Law & Order : Criminal Intent / New York, Section criminelle (NBC puis USA, 2001-2011)
Law & Order : LA / Los Angeles, Police judiciaire (NBC, 2010-2011)
The Good Wife (CBS, 2009-EP)

SÉRIES MÉDICALES

ER / Urgences (NBC, 1994-2009)
Everwood (WB, 2002-2006)
Grey's Anatomy (ABC, 2005-EP)
House, M.D. / Dr House (FOX, 2004-2012)
Marcus Welby, M.D., (ABC, 1969-1976) **(2)**
*M*A*S*H* (CBS, 1972-1983)
Scrubs (NBC, 2001-2009 ; ABC, 2009-2010)
St. Elsewhere (NBC, 1982-1988) **(1)**

SÉRIES POLICIÈRES

Boomtown (NBC, 2002-2003)
Castle (ABC, 2009-EP)
CSI / Les Experts (CBS, 2001-EP)

CSI : NY / Les Experts : Manhattan (CBS, 2004-EP)

Hill Street Blues (NBC, 1981-1987) **(2)**

Homicide : Life on the Street / Homicide (NBC, 1993-2000)

Justified (FX, 2010-EP)

Life on Mars (G.-B., BBC1, 2006-2007)

Miami Vice / Deux flics à Miami (NBC, 1984-1989)

Monk (USA, 2002-2009)

NCIS (CBS, 2003-EP)

Numb3rs (CBS, 2005-2010)

NYPD Blue / New York Police Blues (ABC, 1993-2005) **(4)**

Prime Suspect / Suspect n° 1 (G.-B., ITV, 1991-2006)

Sherlock (G.-B., BBC1, 2010-EP)

The Closer (TNT, 2005-2012)

The Wire / Sur écoute (HBO, 2002-2008)

Wiseguy / Un flic dans la mafia (CBS, 1987-1990)

Without a Trace / FBI : Portés disparus (CBS, 2002-2009)

SF ET FANTASTIQUE

Angel (WB, 1999-2004)

Buffy the Vampire Slayer / Buffy contre les vampires (WB, 1997-2001 ; UPN, 2001-2003)

Doctor Who (G.-B., BBC1, 2005-EP)

Lois & Clark : The New Adventures of Superman (ABC, 1993-1997)

Quantum Leap / Code Quantum (NBC, 1989-1993)
Star Trek (NBC, 1966-1969)
Star Trek : TNG / Star Trek : La Nouvelle Génération (1987-1994)
Star Trek : Deep Space Nine (1993-1999)
Supernatural (WB puis CW, 2005-EP)
The Pretender / Le Caméléon (NBC, 1996-2000)

INCLASSABLES

Homeland (Showtime, 2011-EP)
Mad Men (AMC, 2007-EP)
Oz (HBO, 1997-2003)
Profit (FOX, 1996)
The Sopranos / Les Soprano (HBO, 1999-2007)
The West Wing / À la Maison Blanche (NBC, 1999-2006)
Twin Peaks (ABC, 1990-1991)

COLLECTION FOLIO 2€

Dernières parutions

4280. Flannery O'Connor	*Un heureux événement* suivi de *La personne déplacée*
4281. Chantal Pelletier	*Intimités* et autres nouvelles
4282. Léonard de Vinci	*Prophéties* précédé de *Philosophie* et d'*Aphorismes*
4317. Anonyme	*Ma'rûf le savetier. Un conte des Mille et Une Nuits*
4318. René Depestre	*L'œillet ensorcelé* et autres nouvelles
4319. Henry James	*Le menteur*
4320. Jack London	*La piste des soleils* et autres nouvelles
4321. Jean-Bernard Pouy	*La mauvaise graine* et autres nouvelles
4322. Saint Augustin	*La Création du monde et le Temps* suivi de *Le Ciel et la Terre*
4323. Bruno Schulz	*Le printemps*
4324. Qian Zhongshu	*Pensée fidèle* suivi d'*Inspiration*
4325. Marcel Proust	*L'affaire Lemoine*
4326. Ji Yun	*Des nouvelles de l'au-delà*
4387. Boileau-Narcejac	*Au bois dormant*
4388. Albert Camus	*Été*
4389. Philip K. Dick	*Ce que disent les morts*
4390. Alexandre Dumas	*La dame pâle*
4391. Herman Melville	*Les Encantadas, ou Îles Enchantées*
4392. Mathieu François Pidansat de Mairobert	*Confession d'une jeune fille*
4393. Wang Chong	*De la mort*
4394. Marguerite Yourcenar	*Le Coup de grâce*
4395. Nicolas Gogol	*Une terrible vengeance*
4396. Jane Austen	*Lady Susan*

4441. Honoré de Balzac — *Les dangers de l'inconduite*
4442. Collectif — *1, 2, 3... bonheur ! Le bonheur en littérature*
4443. James Crumley — *Tout le monde peut écrire une chanson triste* et autres nouvelles
4444. Fumio Niwa — *L'âge des méchancetés*
4445. William Golding — *L'envoyé extraordinaire*
4446. Pierre Loti — *Les trois dames de la kasbah* suivi de *Suleïma*
4447. Marc Aurèle — *Pensées. Livres I-VI*
4448. Jean Rhys — *À septembre, Petronella* suivi de *Qu'ils appellent ça du jazz*
4449. Gertrude Stein — *La brave Anna*
4450. Voltaire — *Le monde comme il va* et autres contes
4482. Régine Detambel — *Petit éloge de la peau*
4483. Caryl Férey — *Petit éloge de l'excès*
4484. Jean-Marie Laclavetine — *Petit éloge du temps présent*
4485. Richard Millet — *Petit éloge d'un solitaire*
4486. Boualem Sansal — *Petit éloge de la mémoire*
4518. Renée Vivien — *La dame à la louve*
4519. Madame Campan — *Mémoires sur la vie privée de Marie-Antoinette. Extraits*
4520. Madame de Genlis — *La femme auteur*
4521. Elsa Triolet — *Les amants d'Avignon*
4522. George Sand — *Pauline*
4549. Amaru — *La Centurie. Poèmes amoureux de l'Inde ancienne*
4550. Collectif — *«Mon cher Papa...» Des écrivains et leur père*
4551. Joris-Karl Huysmans — *Sac au dos* suivi d'*À vau l'eau*
4552. Marc Aurèle — *Pensées. Livres VII-XII*
4553. Valery Larbaud — *Mon plus secret conseil...*
4554. Henry Miller — *Lire aux cabinets* précédé d'*Ils étaient vivants et ils m'ont parlé*
4555. Alfred de Musset — *Emmeline* suivi de *Croisilles*

4556. Irène Némirovsky — *Ida* suivi de *La comédie bourgeoise*
4557. Rainer Maria Rilke — *Au fil de la vie. Nouvelles et esquisses*
4558. Edgar Allan Poe — *Petite discussion avec une momie* et autres histoires extraordinaires
4596. Michel Embareck — *Le temps des citrons*
4597. David Shahar — *La moustache du pape* et autres nouvelles
4598. Mark Twain — *Un majestueux fossile littéraire* et autres nouvelles
4618. Stéphane Audeguy — *Petit éloge de la douceur*
4619. Éric Fottorino — *Petit éloge de la bicyclette*
4620. Valentine Goby — *Petit éloge des grandes villes*
4621. Gaëlle Obiégly — *Petit éloge de la jalousie*
4622. Pierre Pelot — *Petit éloge de l'enfance*
4639. Benjamin Constant — *Le cahier rouge*
4640. Carlos Fuentes — *La Desdichada*
4641. Richard Wright — *L'homme qui a vu l'inondation* suivi de *Là-bas, près de la rivière*
4665. Cicéron — «*Le bonheur dépend de l'âme seule*». *Livre V des «Tusculanes»*
4666. Collectif — *Le pavillon des Parfums-Réunis* et autres nouvelles chinoises des Ming
4667. Thomas Day — *L'automate de Nuremberg*
4668. Lafcadio Hearn — *Ma première journée en Orient* suivi de *Kizuki, le sanctuaire le plus ancien du Japon*
4669. Simone de Beauvoir — *La femme indépendante*
4670. Rudyard Kipling — *Une vie gaspillée* et autres nouvelles
4671. D. H. Lawrence — *L'épine dans la chair* et autres nouvelles
4672. Luigi Pirandello — *Eau amère* et autres nouvelles

4673. Jules Verne	*Les révoltés de la Bounty* suivi de *Maître Zacharius*
4674. Anne Wiazemsky	*L'île*
4708. Isabelle de Charrière	*Sir Walter Finch et son fils William*
4709. Madame d'Aulnoy	*La Princesse Belle Étoile et le prince Chéri*
4710. Isabelle Eberhardt	*Amours nomades. Nouvelles choisies*
4711. Flora Tristan	*Promenades dans Londres. Extraits*
4737. Joseph Conrad	*Le retour*
4738. Roald Dahl	*Le chien de Claude*
4739. Fiodor Dostoïevski	*La femme d'un autre et le mari sous le lit. Une aventure peu ordinaire*
4740. Ernest Hemingway	*La capitale du monde* suivi de *L'heure triomphale de Francis Macomber*
4741. H. P. Lovecraft	*Celui qui chuchotait dans les ténèbres*
4742. Gérard de Nerval	*Pandora* et autres nouvelles
4743. Juan Carlos Onetti	*À une tombe anonyme*
4744. Robert Louis Stevenson	*La chaussée des Merry Men*
4745. Henry David Thoreau	*«Je vivais seul dans les bois»*
4746. Michel Tournier	*L'aire du muguet* précédé de *La jeune fille et la mort*
4781. Collectif	*Sur le zinc. Au café des écrivains*
4782. Francis Scott Fitzgerald	*L'étrange histoire de Benjamin Button* suivi de *La lie du bonheur*
4783. Lao She	*Le nouvel inspecteur* suivi de *Le croissant de lune*
4784. Guy de Maupassant	*Apparition* et autres contes de l'étrange
4785. D. A. F. de Sade	*Eugénie de Franval. Nouvelle tragique*
4786. Patrick Amine	*Petit éloge de la colère*
4787. Élisabeth Barillé	*Petit éloge du sensible*

4788. Didier Daeninckx — *Petit éloge des faits divers*
4789. Nathalie Kuperman — *Petit éloge de la haine*
4790. Marcel Proust — *La fin de la jalousie* et autres nouvelles
4839. Julian Barnes — *À jamais* et autres nouvelles
4840. John Cheever — *Une Américaine instruite* précédé d'*Adieu, mon frère*
4841. Collectif — *«Que je vous aime, que je t'aime!» Les plus belles déclarations d'amour*
4842. André Gide — *Souvenirs de la cour d'assises*
4843. Jean Giono — *Notes sur l'affaire Dominici* suivi d'*Essai sur le caractère des personnages*
4844. Jean de La Fontaine — *Comment l'esprit vient aux filles* et autres contes libertins
4845. Yukio Mishima — *Papillon* suivi de *La lionne*
4846. John Steinbeck — *Le meurtre* et autres nouvelles
4847. Anton Tchekhov — *Un royaume de femmes* suivi de *De l'amour*
4848. Voltaire — *L'Affaire du chevalier de La Barre* précédé de *L'Affaire Lally*
4875. Marie d'Agoult — *Premières années (1806-1827)*
4876. Madame de Lafayette — *Histoire de la princesse de Montpensier* et autres nouvelles
4877. Madame Riccoboni — *Histoire de M. le marquis de Cressy*
4878. Madame de Sévigné — *«Je vous écris tous les jours...» Premières lettres à sa fille*
4879. Madame de Staël — *Trois nouvelles*
4911. Karen Blixen — *Saison à Copenhague*
4912. Julio Cortázar — *La porte condamnée* et autres nouvelles fantastiques
4913. Mircea Eliade — *Incognito à Buchenwald...* précédé d'*Adieu!...*
4914. Romain Gary — *Les Trésors de la mer Rouge*

4915. Aldous Huxley	*Le jeune Archimède* précédé de *Les Claxton*
4916. Régis Jauffret	*Ce que c'est que l'amour* et autres microfictions
4917. Joseph Kessel	*Une balle perdue*
4918. Lie-tseu	*Sur le destin* et autres textes
4919. Junichirô Tanizaki	*Le pont flottant des songes*
4920. Oscar Wilde	*Le portrait de Mr. W. H.*
4953. Eva Almassy	*Petit éloge des petites filles*
4954. Franz Bartelt	*Petit éloge de la vie de tous les jours*
4955. Roger Caillois	*Noé* et autres textes
4956. Jacques Casanova	*Madame F.* suivi d'*Henriette*
4957. Henry James	*De Grey, histoire romantique*
4958. Patrick Kéchichian	*Petit éloge du catholicisme*
4959. Michel Lermontov	*La princesse Ligovskoï*
4960. Pierre Péju	*L'idiot de Shanghai* et autres nouvelles
4961. Brina Svit	*Petit éloge de la rupture*
4962. John Updike	*Publicité* et autres nouvelles
5010. Anonyme	*Le petit-fils d'Hercule. Un roman libertin*
5011. Marcel Aymé	*La bonne peinture*
5012. Mikhaïl Boulgakov	*J'ai tué* et autres récits
5013. Sir Arthur Conan Doyle	*L'interprète grec* et autres aventures de Sherlock Holmes
5014. Frank Conroy	*Le cas mystérieux de R.* et autres nouvelles
5015. Sir Arthur Conan Doyle	*Une affaire d'identité* et autres aventures de Sherlock Holmes
5016. Cesare Pavese	*Histoire secrète* et autres nouvelles
5017. Graham Swift	*Le sérail* et autres nouvelles
5018. Rabindranath Tagore	*Aux bords du Gange* et autres nouvelles
5019. Émile Zola	*Pour une nuit d'amour* suivi de *L'inondation*

5060. Anonyme — *L'œil du serpent. Contes folkloriques japonais*
5061. Federico García Lorca — *Romancero gitan* suivi de *Chant funèbre pour Ignacio Sanchez Mejias*
5062. Ray Bradbury — *Le meilleur des mondes possibles* et autres nouvelles
5063. Honoré de Balzac — *La Fausse Maîtresse*
5064. Madame Roland — *Enfance*
5065. Jean-Jacques Rousseau — *« En méditant sur les dispositions de mon âme... »* et autres rêveries, suivi de *Mon portrait*
5066. Comtesse de Ségur — *Ourson*
5067. Marguerite de Valois — *Mémoires. Extraits*
5068. Madame de Villeneuve — *La Belle et la Bête*
5069. Louise de Vilmorin — *Sainte-Unefois*
5120. Hans Christian Andersen — *La Vierge des glaces*
5121. Paul Bowles — *L'éducation de Malika*
5122. Collectif — *Au pied du sapin. Contes de Noël*
5123. Vincent Delecroix — *Petit éloge de l'ironie*
5124. Philip K. Dick — *Petit déjeuner au crépuscule* et autres nouvelles
5125. Jean-Baptiste Gendarme — *Petit éloge des voisins*
5126. Bertrand Leclair — *Petit éloge de la paternité*
5127. Alfred de Musset - George Sand — *« Ô mon George, ma belle maîtresse... » Lettres*
5128. Grégoire Polet — *Petit éloge de la gourmandise*
5129. Paul Verlaine — *L'Obsesseur* précédé d'*Histoires comme ça*
5163. Akutagawa Ryûnosuke — *La vie d'un idiot* précédé d'*Engrenage*
5164. Anonyme — *Saga d'Eiríkr le Rouge* suivi de *Saga des Groenlandais*
5165. Antoine Bello — *Go Ganymède!*
5166. Adelbert von Chamisso — *L'étrange histoire de Peter Schlemihl*

5167. Collectif — *L'art du baiser. Les plus beaux baisers de la littérature*
5168. Guy Goffette — *Les derniers planteurs de fumée*
5169. H. P. Lovecraft — *L'horreur de Dunwich*
5170. Léon Tolstoï — *Le diable*
5184. Alexandre Dumas — *La main droite du sire de Giac* et autres nouvelles
5185. Edith Wharton — *Le miroir* suivi de *Miss Mary Pask*
5231. Théophile Gautier — *La cafetière* et autres contes fantastiques
5232. Claire Messud — *Les Chasseurs*
5233. Dave Eggers — *Du haut de la montagne, une longue descente*
5234. Gustave Flaubert — *Un parfum à sentir ou Les Baladins* suivi de *Passion et vertu*
5235. Carlos Fuentes — *En bonne compagnie* suivi de *La chatte de ma mère*
5236. Ernest Hemingway — *Une drôle de traversée*
5237. Alona Kimhi — *Journal de Berlin*
5238. Lucrèce — « *L'esprit et l'âme se tiennent étroitement unis* ». *Livre III de « De la nature »*
5239. Kenzaburô Ôé — *Seventeen*
5240. P. G. Wodehouse — *Une partie mixte à trois* et autres nouvelles du green
5347. Honoré de Balzac — *Philosophie de la vie conjugale*
5348. Thomas De Quincey — *Le bras de la vengeance*
5349. Charles Dickens — *L'embranchement de Mugby*
5350. Épictète — *De l'attitude à prendre envers les tyrans*
5351. Marcus Malte — *Mon frère est parti ce matin...*
5352. Vladimir Nabokov — *Natacha* et autres nouvelles
5353. Arthur Conan Doyle — *Un scandale en Bohême* suivi de *Silver Blaze. Deux aventures de Sherlock Holmes*
5354. Jean Rouaud — *Préhistoires*

5355. Mario Soldati	*Le père des orphelins*
5356. Oscar Wilde	*Maximes* et autres textes
5415. Franz Bartelt	*Une sainte fille* et autres nouvelles
5416. Mikhaïl Boulgakov	*Morphine*
5417. Guillermo Cabrera Infante	*Coupable d'avoir dansé le cha-cha-cha*
5418. Collectif	*Jouons avec les mots. Jeux littéraires*
5419. Guy de Maupassant	*Contes au fil de l'eau*
5420. Thomas Hardy	*Les intrus de la Maison Haute* précédé d'un autre conte du Wessex
5421. Mohamed Kacimi	*La confession d'Abraham*
5422. Orhan Pamuk	*Mon père* et autres textes
5423. Jonathan Swift	*Modeste proposition* et autres textes
5424. Sylvain Tesson	*L'éternel retour*
5462. Lewis Carroll	*Misch-Masch* et autres textes de jeunesse
5463. Collectif	*Un voyage érotique. Invitations à l'amour dans la littérature du monde entier*
5464. François de la Rochefoucauld	*Maximes*
5465. William Faulkner	*Coucher de soleil* et autres Croquis de La Nouvelle-Orléans
5466. Jack Kerouac	*Sur les origines d'une génération* suivi de *Le dernier mot*
5467. Liu Xinwu	*La Cendrillon du canal* suivi de *Poisson à face humaine*
5468. Patrick Pécherot	*Petit éloge des coins de rue*
5469. George Sand	*La château de Pictordu*
5470. Michel de Montaigne	*De l'oisiveté* et autres Essais en français moderne
5471. Martin Winckler	*Petit éloge des séries télé*

Composition Nord Compo
Impression Novoprint
à Barcelone, le 31 août 2012
Dépôt légal : août 2012

ISBN 978-2-07-044809-8 / Imprimé en Espagne.

242788